푸른사상 시선 126

가끔은 길이 없어도 가야 할 때가 있다

푸른사상 시선 126

가끔은 길이 없어도 가야 할 때가 있다

인쇄 · 2020년 6월 10일 | 발행 · 2020년 6월 17일

지은이 · 정대호
펴낸이 · 한봉숙
펴낸곳 · 푸른사상사

주간 · 맹문재 | 편집 · 지순이, 김수란 | 마케팅 · 김두천
등록 · 1999년 7월 8일 제2-2876호
주소 · 경기도 파주시 회동길 337-16(서패동 470-6) 푸른사상사
대표전화 · 031) 955-9111(2) | 팩시밀리 · 031) 955-9114
이메일 · prun21c@hanmail.net /prunsasang@naver.com
홈페이지 · http://www.prun21c.com

ⓒ 정대호, 2020

ISBN 979-11-308-1682-1   03810
값 9,500원

푸른사상
시선
126

가끔은 길이 없어도 가야 할 때가 있다

정대호 시집

푸른사상
PRUNSASANG

　우리들이 살아온 시대의 이야기도 어떤 형식으로든 문자로 기록해두는 것이 중요할 것 같았다. 그래서 어릴 때 고향 마을에서 보고 들은 이야기들을 조금 정리해보았다. 그때는 그러한 것들이 주변에서 흔히 보는 일상이었던 것인데, 지금 보면 우리에게도 이런 이야기들이 있었구나 하고 새삼스러운 것 같았다. 또한 1970년대 말에서 1980년대 초에 걸쳐 대학을 다녔던 내가 겪은 이야기도 일부 정리해보았다. 특수한 이야기가 아닌 흔히 있었던 이야기들이지만 우리에게도 이런 시절이 있었다는 것이 새삼스럽다. 제4부는 대구 시월항쟁과 관련된 시편들이다. 시월문학제 위원장을 맡아오면서 시간이 부족하다는 핑계를 대고 내가 해야 할 일들을 다하지 못해서 늘 미안했다. 그 미안한 마음으로 지금까지 쓴 것들을 조금 정리해보았다. 이번 시집은 한 시대의 이야기들을 문자로 기록해둔다는 것에 의미를 두고 싶었다. 때로는 거칠고 투박한 표현이라도 그대로 두었다. 지나간 한 시대의 기록이기 때문이다. 특히 내 이야기들을 정리하는 데에는 감정이 정제되지 않아서 힘들었다.

2020년 6월

정대호

| 차례 |

■ 시인의 말

제1부

제3부

제4부

제1부

산나물을 하러 갔다가

맑은 물이 개울에서 흐른다. 꽃들은 자신의 위치에서 피었다. 바람은 나뭇잎을 잠시 흔들다가 지나간다. 마른잔대 보학잔대 산초싹 미역취 개미취 바디쟁이 소루쟁이 이밥초 우산나물 되는대로 뜯다가. 산나물, 등 가방을 메고 자루를 들고 오다가, 가만히 개울가에 앉아 맑은 물을 보면서 문득 돌아보니 나만 그 공간에서 낯설다. 물도 꽃들도 바람도 모두 자신의 위치에서 현재 모습으로 만족해 있었다. 더도 덜도 아닌 지금 있는 곳에 스스로 만족하여 서 있었다. 나만 내일을 위해 이것저것 뜯는다. 숲이 우거져 산나물이 없으면 다래 덩굴이라도 찾아가 다래 순이라도 뜯는다. 내일 먹기 위해 등가방에도 손에 든 자루에도 나물을 담는다. 아아, 나의 외로움은 여기서부터 시작되었는지도 모른다.

앵두를 땄습니다

서른 리터는 족히 되겠습니다. 게으른 농부라서, 그냥 따는 것이 아니라 가지를 베어서 고무통에 텁니다. 고무통 안에는 노린재도 있고 무당벌레도 거미도 있습니다. 큰 것 작은 것 더 작은 것. 온갖 벌레들이 놀라서 바삐 움직입니다. 약을 치지 않았으니 각자 자신이 생각하는 먹잇감이라 여기나 봅니다. 등 뒤 감나무 위에서는 까치가 요란스럽게 깍깍거립니다. 제 먹이를 가져간다고 그러나 봅니다. 앵두나무 가지에는 둥지를 트는 새집들도 보입니다. 더 많이 지은 것 조금 덜 지은 것. 앵두나무 가지를 치면서 제일 미안한 것은 둥지를 트는 이 새들입니다. 둥지가 다 보입니다. 이제 그만두고 새 숲을 찾아가서 다시 둥지를 틀어야 합니다. 남의 보금자리를 망친 셈이지요. 그래도 아직 알을 낳지 않아서 다행입니다. 마침 주먹만 한 박새 같은 새가 가지에 날아와 앉아 앵두 한 알을 삼킵니다. 다시 한 알을 물고서 날아갑니다. 알뜰히 따지 못해서 앵두나무에게 미안했는데 이렇게 먹어주는 새가 있으니 내가 남긴 앵두들은 새 밥이라서 그랬다고 위안을 삼습니다. 나도 먹고 이웃들에게 나누어도 주고 새들도 벌레들도 나누어 먹으려니 천상 게으른 농부가 나은 것 같습니다. 한 나무가 열매를 맺어서 많은 생명들에게 조금씩 보시를 나누는 것 같습니다. 그 덕분에 나도 앵두 나무를 빌려 조금씩 나누는 흉내를 내봅니다.

산꽃

산에 피어 있는 꽃들은 그냥 피어서 아름답다. 나무나 풀들이 모양을 내기 위해 다듬지도 않았고 자신을 드러내기 위해 좋은 길목을 찾아 있는 것도 아니다. 누가 보아달라고 거추장스럽게 자신을 드러내려고도 하지 않는다. 나무 밑에 있으면 거기서 피고 양지 녘에 있으면 양지에서 피고 음지 녘에 있으면 음지에서 핀다. 하루 내내 사람 하나 오지 않아도 좋다. 잘난 사람들이 볼 때는 숨어서 사는 것 같다. 그들은 단지 개울과 숲속에서 자신의 위치에 서 있을 뿐이다. 굳이 이름을 달아놓을 필요도 없다. 모르면 모르는 대로 좋다. 그냥 산에 살아서 산꽃이다.

청송 꿀 사과

깎아보면
살짝 어린 살얼음

한 입 물면
입안 가득 터지는 상큼한 함성
발밑에 서릿발이 뽀드득 부서지는
혀끝으로 들리는 촉감

목을 타고 내리면
달빛 아래
먼 길 돌아와
하얀 서리 밟고
너와 나 가슴으로 만나 나누는
첫 포옹의 산뜻한 전율

입안에 오래 남아 있는
고향 맛의 그리움.

외로움

아침에
사무실에 나와
혼자 한나절을 보낸다.
점심 먹고 다시 혼자 한나절을 보낸다.
저녁에 아이들이 오면 조금 떠들고 집으로 간다.

가을이 지나가며
창밖에 낙엽들이 우르르
바람 소리를 내며 떨어진다.
차가운 바람들이 어느새 마음으로 들어와
지나온 삶들이 우르르 떨어진다.

이런 날은
서쪽 창에 비끼는 해를 보며
마음의 텅 빈 공간을 헤아린다.
그러면 겨울잠을 자려던 동굴 속 귀뚜라미
그 틈을 비집고 나와
무리를 지어 적막의 소리로 울어댄다.

더듬이를 모으고 소리를 모아 울어댄다.

지나온 삶들을 더듬더듬,

한 발 디딜 곳을 더듬더듬,

비어버린 가슴이 당황하여 더듬더듬.

귀뚜라미들이 소리소리 악을 쓰며 운다. 적막의 울림으로

느리고 조용하게.

적막의 정점, 그 울림으로

고막이 먹먹하여 다른 소리들은 들리지 않는다.

그 적막의 울림 속으로 내 삶들이 빨려 들어간다.

가을 낮잠

해는 한 하늘에 있는데
한없는 적막 속에
마른 풀 대궁
까딱까딱

바람이 간지러워
나뭇잎 하나
한들한들

푸른 하늘 무거워
속눈썹은 슬며시 꼬리 내린다.

고추잠자리

찬 서리 내린
햇살 따가운 오후

마른 풀 대궁에 앉으려다
깡마른 몸무게가 미안하여
발길을 멈칫 멈칫

바람 한 점 없는
늦가을 햇살이 부끄러워
어설피 다시 날개를 젓는다,
빨간
고 추 잠 자 리.

가을 시냇가를 걷다가

저 맑은 물속에 내 마음 담그고 싶어라
단풍잎이
물속에서
멍청하게 지나치는
옷깃 한 자락 떠나보내는
그 표정 한 번 배우고 싶어라.

저 물속에다 눈웃음 한 번 담고 싶어라
물방울이 촐랑 떨어지면
둥근 원을 그리며
너울거려보는
한없이 헤엄쳐보아도
늘 그 자리에 서 있는
그 넉넉한 마음 한 자락 배우고 싶어라.

저 맑은 물속에서 그대를 보고 싶어라
속이 환히 보이는
눈망울을 하고서

가슴의 두 팔을 뻗어
그냥 안고 싶어라.

별리

강 건너
벼랑 끝 안개 속에는
뒷모습만 보이는 도라지꽃

손끝엔 휑하니 바람만 불고
발끝은 그저 서성거릴 뿐

텅 빈 가슴에
흙먼지를 날리는
한 줄기 바람

발걸음은 한없이 터벅거릴 뿐

그믐밤

보고 싶으면
두 눈을 감는다.
환하게 웃고 있는 네가 보여서

그리움이 자라면
아늑한 어둠
눈을 떠도 감아도
마냥 보이는걸

공든 탑

고단한 시장의 노점 판
쪼글쪼글 안노인 하나

칠십 년 세월의 무게로 탑을 쌓는다.
사과 하나, 배 하나
더
끙끙 밀어 올린다.
세월의 무게를 밀어 올린다.

티끌 하나에도 우주의 무게
가슴 삭힌 먼지를 쌓아 올린다

겨울 배추

따뜻한 가슴으로 감싸고 싶다
겉잎은 누렇게 말라가며
진딧물도 배추벌레도
고추벌레도

내 몸을 갉아 먹고 살아가는 모든 것들에도
그 벌레를 잡아먹고 살아가는 모든 것들에도
넓은 잎 치마 둘러
한겨울 내내
이렇게 추위를 막아주고 싶다

살아가는 나에게
내 피를 먹고 사는 너에게
함께 어울려 생명이라 말하고 싶다

그러다 배추는
제 잎이 먼저 얼어
녹아내린다.

벼랑의 담쟁이

바람이 거세게 나무뿌리를 뽑으면
팔을 뻗어 안간힘 쓰며
한 세상과 맞선다.

위태위태 벼랑길을 걸어도
바람이 살랑이면
손을 흔들며 환히 웃는다.

매화꽃

춥다고 어찌 입 다물고만 있으랴.
하얀 꽃망울이 찬바람에 으스스 떤다.
그래도 때가 되면 꽃망울을 터뜨린다.
입 활짝 열고 파르르 떤다.
가난한 향기를 머금었다 풀면
바람이 그 맑은 향기를 가득 머금고 퍼진다.
춥다고 어찌 입 다물고만 있으랴.
찬바람이 살을 에도 입 활짝 열고
고개 들고 당당히 서 있으리.

황혼의 바닷가

마음이 허전한 날은
바닷가를 서성거려볼 일이다.

바람은 왜 이리도 텅 비어 있을까.
파도 소리는 왜 외롭다고 말할까.
아직 걸어야 할 길은 어디에 있을까.

그리고 오래 침묵으로 서 있어볼 일이다.

저 해는 마지막 불을 태우며
서산에서 서성거리고 있구나.
저 붉은 마음도
시간이 지나면 검은 밤이 찾아오겠지.

서쪽 하늘에 불타는
해를 바라보며
아직 내가
누군가에게

약속할 일이 남아 있을까.

조금은 생각해볼 일이다.

산다는 것은 상처다

산다는 것은 상처다
만나는 사람마다 상처를 주는 것
칼로 등을 긋기도 하고
막대로 손등을 때리기도 하여
등에는 칼자국이 나고 손등이 부러지면
그는 다가와 진흙을 바른다.
진흙이 딱지가 지면 곪아서 터지기도 하고
온몸에 신열도 난다.

산다는 것은 상처다.
칼등으로 어깻죽지를 치기도 하고
볼을 베어 피를 내기도 한다.
그 상처 위에 누군가 지나며 소금을 뿌린다.
쓰리고 아프다.
뼛속까지 짜릿해진다.

태어난다는 것은 죽는 날이 있다는 것.

산다는 것은 죽음을 향해 한 발 다가가는 것.

이런 생각을 하고 있으면
그 아픔도 멍 때리는 것.
부라렸던 두 눈은 어느새 슬픈 체념을 하고
깊은 숲속 순하디순한 사슴이 된다.
한 뿔은 빠져서 다시 나기도 하고
등에 맞은 화살 자국은 피딱지가 앉아도
무리에서 벗어나 외톨이가 되어도
슬픈 눈빛으로 세상을 따뜻하게 보는 사슴이 된다.

산다는 것은 상처다
그 상처도 아픔도 보듬고 쓰다듬으면
남의 상처도 아파 보인다.
그러면 세상은 한층 따뜻해질까?

야박하다

아파트 모퉁이를 지나는데
반늙은이 아지매가 길손을 붙들고
용감했던 무용담을 자랑한다.

며칠 전
저녁 어스름
헌옷 수거함 앞에서
허리 굽은 웬 늙은이 하나
옷들을 꺼내 이것저것 아래위로
눈길을 주더란다.
다음 날 부슬비 내리는데
다시 그 늙은이 눈길을 두리번거리며
헌옷 수거함을 뒤적이려고 하여
아ㅡ, 입은 옷이
바로 전날 그 함에서 꺼내 들었던 것

반늙은이 아지매는

큰 도둑 잡았다고 큰 자랑이다.

헌옷 수거함에 다시 가보았다.
하얀 종이에 컴퓨터로 인쇄한

경고
헌옷은 아파트 주민 전체의 재산입니다.
개인이 가져가지 마세요.
만약 가져가시면 형사 고발 등 강력 조치합니다.
시시티브이 확인 및 카메라 촬영합니다.
2011년 6월 11일
○○○○타운 관리소장

내가 버린 것도 남이 가져가면 도둑놈
도회의 아스팔트 마당에는
뙤약볕만 쨍쨍 내리쪼인다.

아름답다는 것은

내게 없는 것이다.
마음으로 애타면
눈을 감아도 보인다.

어릴 때, 아파서 누워 몇 달이 지난 어느 날
방문을 열고
눈부시게 아름다운 모습을 보았다.
검게 탄 농부가
도리깨를 들고
땀을 흘리며 보리타작을 하는 모습.
나도 저렇게 일할 수 있을까.

내 나이 열일곱
집을 떠나, 돈도 떨어지고
며칠을 굶은 어느 날
비 내리는 저녁, 골목길을 걷는데
굴뚝에 연기를 폴폴 날리며
밥 눋는 냄새가 퍼져 나와

구수하게 아름다워 보였다.

내 나이 스물둘, 유치장에서
꽁보리밥 반 공기 단무지 반쪽으로
한 끼씩 먹고 있을 때
옆 사람이 먹는
보리쌀이 섞인 흰 쌀밥
설탕물이 약간 밴 김치 몇 쪽
아름다워 보였다.
나도 모르게 눈길이 자꾸만 가고 있었다.

말 못 하는 아들을 안고 걸어가는
엄마가
한없이 부러운 눈으로 바라보고 있었다.
오래오래 서서.
재잘거리며 노는 아이들의 모습.
한 아이가 칭얼거리며
'엄마' 하고 부르는 소리.

안고 있는 아들도

저렇게 어울려 놀 수 있을까.

'엄마'라는 말을 들을 수는 있을까.

제2부

이제 그만 집에 가자

귀향이라는 영화를 보다가
2차 대전의 막바지
집으로 갈 수 없는 영혼들인
두 소녀가 위안소에서 나누는 이야기
언니, 이제 그만 집에 가자
전쟁이 끝나고
위안소에서 나와
집으로 갈 수 있다는 희망으로 가득할 때
일본군의 총에 맞아 언니가 죽는 순간
동생이 언니를 보듬어 안고 다시 하는 이 말
언니, 이제 그만 집에 가자
언니가 동생에게
먼저 가
내 뒤따라갈게
집으로 돌아갈 수 없는 영혼들이 나누는
이 다정한 이야기

아! 나는 참으로 행복했어라
1960년대 말
어느 따뜻한 봄날 툇마루에 앉아

보리밭 매던 어머니를 기다리다가
기우는 해를 따라 내 발길이 어느새
어머니의 일터 밭머리에 다가갔을 때
한 호미만 더, 한 호미만 더, 밭 매던
어머니가 미안하여 얼른 밭머리로 나오며
어머니, 머릿수건을 벗어 치마의 흙먼지를 털며
배고픈 아들의 손을 잡고
이제 그만 집에 가자
밥해 묵자
부엌에 불 때어 따순 밥 지어
밥카 장카[*] 비벼서
호롱불 아래 머리 맞대고 먹었지.

뙤약볕이 쪼이는 여름날
고추밭 매는 어머니를 기다리다가
기우는 해를 따라
내 발길이 어느새 밭머리에 다가갔을 때
어머니, 머릿수건을 벗어 이마의 땀을 닦고
치마의 흙먼지를 털며
이제 그만 집에 가자

밥해 묵자
상추 배추 뽑아서
집으로 돌아와
밥을 먹었지.

귀향이라는 영화를 보다가
그 서글픈, 집으로 돌아갈 수 없는 영혼들이 나누는
언니, 이제 그만 집에 가자
이 말을 곱씹으며
내 어린 시절
어머니와의 이 말이
흐릿한 장면으로 머릿속에 그려져
어머니의 무덤 앞에 앉아
어머니와 둘이서 술 한 잔 나누며
추억으로 나누고 싶은 이 말
내 어린 날의 따뜻했던 쓸쓸한 행복함이여.

* 밥카 장카 : 밥과 장과. '-카'는 '-와/과'의 경북 방언.

영천 양반

1980년 여름
도가걸*에서 연락이 왔다.
영천 어른이 왔다고
두 다리를 절뚝이는 큰아들 우식이
리어카를 끌고 가
영천 어른을 모시고 그의 집으로 왔다.

영천 양반은 1950년 6 · 25전쟁 때
잠을 자다 새벽에
낙오병 인민군에게 징발되었다.
우리 마실에는 새신랑 연당 양반, 화매 양반과 셋이서
인민군들이 마실에서 거둔 쌀을 지고
탑재를 넘어 영양 쪽으로 갔다.

영천 양반은 원래 몸이 부실하여
산에 있다가 아무도 모르는 동쪽으로 하산했다.
이제까지 영덕 어딘가에서 꼴머슴을 했단다.
벙어리 행세를 했단다. 30년 가까운 세월을
이름도 모르고 집도 모르는 바보 벙어리.

이제 몸이 아파 소꼴도 못 해서
입을 열었다고 한다.
집 주소를 말해주고 차비 몇 푼 얻어
버스를 타고
동네 앞 도가걸에 내려
집에 연락을 했단다.

걷지도 못하는 영천 양반
아들이 태워주는 리어카를 타고
집으로 돌아온 후
방구들을 지고 누워
집 마당 밖을 나서지 않았다.
한 달쯤 지난 뒤
입산자라고 경찰이 와서 확인만 하고 갔다.

빨갱이라고 잡아가진 않았다.

* 도가걸 : 술도가가 있는 거리.

달 밝은 여름밤 삼대가 나눈 대화

우리 마을에는 영천댁이 살았다.

히로시마에서 해방을 맞았다.
얼마나 많은 사람들이 죽고
얼마나 많은 사람들이 아픈지도 모른다.
남편은 서둘러 두 아들과 함께
부모님이 있는 고향으로 가잔다.

집을 지을 땅이 없다
아랫마을과 윗마을 사이, 새틈마*
남의 밭 아래, 바위 벼랑길에
제비집만 한 작은 터가 있어
옆으로 나란히 초가삼간 둘을 지었다.

몸이 자꾸 힘이 빠진다는 남편은
6·25전쟁 때 인민군에게 짐꾼으로 잡혀갔다.
호호백발 시어머니의 손은 약손이다.
밥을 먹다 체한 사람들이 찾아오면 몇 번만 주무르면 낫
는다.

똑똑하던 큰아들 우식이는 국민학교를 졸업할 무렵부터
시름시름 앓더니 몸은 야위고 힘이 빠졌다.
다리를 높이 들어 뚜벅뚜벅 걸었다.
마을 사람들이 놀린다고 군수라고 불렀다.
어느새 젊은 아들은 지팡이를 짚고 다녔다.
영천댁, 손이라도 잇겠다고 마을에 들어온
떠돌이 처녀를 며느리로 들였는데 한 달도 못 가 도망갔
다.
둘째 아들 하식이, 국민학교에 들어갔을 때
똑똑하고 공부 잘하더니 학년이 올라갈수록
다리에 살이 빠지고 발걸음이 이상했다.
영천댁, 눈앞이 캄캄했다.
어느새 무릎을 허리만큼 들어 뚜벅뚜벅 걷는다.
마을 사람들이 놀린다고 면장이라고 불렀다.
산밭에 보리나 서숙을 거두면 어느새 영천댁이 지고 와야
했다.

1970년대 중반 어느 달 밝은 늦여름 새벽
우식이 잠을 자다가 쉬가 차서 깨어

마당으로 나와 마당 밖으로 시원하게 한 줄기 하고서

바지를 추스르며 이슬 내린 풀을 밟고

너무도 밝은 달빛이 너무도 조용히 흘러

히야, 다이도 바이다

(야아, 달도 밝다)

밝은 달빛이 창호지에 비추어 잠을 설치던 하식이

그 말을 듣고 방문 열고 마당으로 내려서며

혀이, 마이 조오 도도이 하이소

(형님, 말 좀 똑똑히 하이소)

영천댁, 잠이 안 와 뒤척이다가 두 아들의 대화를 듣고

눈앞이 까매져 방문 열고 나오며

너어 두이 다 도—오 가타

(너거 둘이 다 똑같다)

영천댁의 시어머니, 달은 밝고 잠이 오지 않아

누워서 이리 둥글 저리 둥글하다가 이 말들을 다 듣고

기가 차,

방문 열고,

말도 못 하고,

세 모자를 바라보고 있었다.

침묵으로 말하고 있었다.
달빛 속에 할 말을 실었다.

영천댁이 아들들에게 무안을 준 것이
미안해
수습하고자 재빨리
'왜 이래 말이 헛새노' 하면서 웃자
두 아들도 같이 웃었다.
하늘에 달이
웃는 듯 윗는** 듯
이 집을 내려다보고 있었다.
집 마당에 서 있는 세 모자를 비추고 있었다.

세월이 흘러, 이제
그 집터에는 아무도 살지 않고 풀들이 우거져 있었다.

* 새틈마 : 윗마을과 아랫마을 사이에 있는 마을.
** 윗다 : '웃다'의 방언.

우리 집 머슴 정 노인 이야기

1963년쯤 양력 1월, 음력으로 섣달 추운 어느 날
우리 집 머슴방에 들어온
충청도 방언이 심한
앙상하게 마르고 남루한 50대의 한 남자,
굶주림과 추위로 지치고 지친 몸으로
동네 사람들의 표현으로는
정신이 없는 허재비* 같은 몸으로
먹고 자고 먹고 자고, 며칠 했다.

어머니 말씀에 의하면 한겨울에
고의적삼** 차림으로
한 3년 빨지 않아 까만 땟국으로 절어 윤기 나는
하얀 광목 옷차림.
옷을 갈아입히고
빨래를 하는데 냄새가 나서 혼났단다.
잘 걷지도 못하는 지친 몸으로
갈 곳도 없다
이름도 모른다

집 주소도 모른다

큰아들이 죽어서 집을 나왔다고 말만 하던 노인

모른대서 굳이 묻지도 않았던 노인

겨우 몸을 가누면서

동구 앞, 담 밑 양지에 앉아서

멍하게 남쪽 하늘을 바라보며 해바라기만 하던 노인

갈 곳이 없으면 우리 집 머슴이나 하라는

재종조부의 부탁으로 머슴방의 주인이 된 노인

겨우내 몸을 추슬러 농사를 지으면서

무엇을 심을지부터 씨 뿌리며 추수하는

모든 것을 스스로 결정하던 고집 센 노인

누가 뭐라 하든 굼뜨게 천천히 알아서 일하던 노인

땔감 나무를 하면 늘 집에서 멀리 있는

나라 산인

국골이나 탑재에 가서 했다.

그곳은 산 하나를 넘으면 영양 땅

노인이 우리 집으로 왔던 길이어서 그랬을까.

느릿느릿 할 말만 하고 말이 없는 노인

짐을 나르는데 리어카를 쓰지 않고 늘 소바리만 고집하던

노인

쟁기질은 잘해도 등짐은 잘 못 지는 노인

겨울이 되면 가마니도 짜고 멍석도 만들어 쓰던 노인

싸리 다래끼를 유난히 예쁘게 만들던 노인

겨울이면 볏짚 홰기***로 잇비****를 꼭 만들던 노인

낫자루나 지겟작대기는 옻나무를 고집하는 노인

손과 발은 꾸덕살*****이 덕지진 노인

마을 밖에는 한 번도 나간 적이 없는 노인

1969년 여름, 그 노인의 아들이 뜻밖에 우리 집에 왔다.

아버지를 찾아왔다.

그 시대 경상도 청송 땅에서는

거리가 계산도 안 되는 충청도에서 왔다.

어떻게 알고 왔는지도 모른다.

굳이 알려고 묻지도 않았다.

그해 가을 농사는 그 아들이 다 지었다.

추수가 다 끝나고

그 아들은 아버지를 살려주어 고맙다는 말과

다시 들른다는 말을 남기고

정 노인과 함께 떠났다.

그리고 그 노인은 다시 나타나지 않았다.

* 허재비 : '허수아비'의 방언.
** 고의적삼 : 여름 홑바지와 홑저고리.
*** 홰기 : 벼, 갈대, 수수 따위의 이삭이 달린 줄기.
**** 잇비 : 볏짚으로 만든 비.
***** 꾸덕살 : '굳은살'의 방언.

삼모댁

열여섯에 양지마을 이 씨 집에
시집갔다.
처녀들은 정신대에 끌려간다고 해서
얼른 시집갔다.
서른이 된 홀아비에게 시집갔다.

남편은 강원도 광산으로 돈 벌러 갔다.
배는 불러오는데
배가 고파 부황이 들었다.
아들을 낳고 먹지를 못했다.
눈이 흐려졌다.
보이지 않았다.
돌 지난 아들을
시아버지가 손 위에 올려서 까불다가
떨어뜨렸다.
아들은 절름발이가 되었다.
해방이 되고 남편이 왔다.
봉사 어미에 병신 아들이라고
시어머니 시아버지가 쫓아냈다.

친정에는 차마 못 가
일가붙이 찾아 가뫼골로 갔다.
절뚝이는 아들 손을 잡고
강을 건너고 신작로를 걸어서
앞이 보이지 않는 길을 걸어서

마을 사람들의 권유로 장사를 했다.
엿을 사다 팔았다.
수박을 팔았다.
눈물을 팔았다.
땀을 팔았다.

남편이 새장가를 갔다고 들었다.
아들을 낳으려고
아들을 낳으라고
딸만 내리 셋을 낳았다.

삼모댁, 살길이 없어서 시집갔다.
열 살 어린 앉은뱅이 총각
어릴 때 누나 등에 업혔다가

뒤로 허리가 꺾여 서지 못하는 앉은뱅이 총각
목수 일도 배워서
문을 짰다.
짬을 내어서 초석*도 짰다.

앉은뱅이와 봉사의 부부
딸 하나를 낳았다.
어미를 도우라고 봉조라고 이름을 지었다.

세월은 흘러 전 남편이 죽었다.
모질던 옛 시어머니
핏줄을 잇겠다고 아들을 달란다.
삼모댁의, 복숭아 수박 엿, 머릿짐 장사
지팡이를 잡고
이 마을 저 마을을 다녔던
눈 역할을 하던 아들
이제 그 할머니를 따라갔다.

국민학교를 졸업한 봉조
서울에서 부잣집

식모로 달란다.
먹여주고 입혀주고
한다고 달란다.
입 하나 덜려고
봉조를 보냈다. 삼모댁 많이도 울었다.
앉은뱅이 목수와 단둘이 살면서
살이 빠지고 피가 빠져 허수아비 인생이 되었다.

몇 년이 지나고 그 봉조가 돌아왔다.
실성해서 돌아왔다.
남자만 보면 희죽거리며 웃는다.
아프다고 인상을 찌푸린다.
부끄럽다고 얼굴을 숨기며 웃는다.

앞 못 보는 삼모댁
삶의 앞길도 보이지 않았다.

* 초석(草席) : 왕골, 부들 따위로 엮어 만든 자리.

정만섭

나에게는 재종조부님이다.
해방이 될 때 30대 중반이었다.
혈기 왕성한 나이여서
건국준비위원회니 하면서 바쁘게 다녔다.
청송군 인민위원장이었다.
아마 앞뒤로 계산해보아서
여운형 정부의 조선인민공화국에서
그렇게 임명한 것 같다.

우리 할아버지는 사촌 형님으로
너무 가벼이 행동하지 말라고 하셨다지만
격동의 난세에는 어디에도 가담하지 말고
목숨을 지켜야 한다고 하셨다지만

재종조부님은 그때를 민족국가를 세울 수 있는
가장 좋은 기회라고 생각하지 않았을까.
여운형은 암살당하고
남한 단독정부가 수립되면서

경찰서에 여러 번 잡혀갔다.

한 번은, 추운 겨울 새벽

잠을 자다 동구 밖에 잡혀 나가니

이미 여러 청년들이 포승줄에 묶여 있었다.

맞기도 많이 맞았다.

그때마다 돈으로 해결했다.

보도연맹에도 가입했다.

6 · 25전쟁 중에는

우리 할아버지는 재종조부님을 피난 보내서 숨기셨다고

했다.

"옳고 그른 것을 따지지 마라.

살아남아야 그것을 말할 기회라도 얻을 수 있다."

전쟁이 끝나고 정국이 안정되었다고 생각한 어느 날

살려주기로 약속받고

재종조부님은 청송경찰서에 가서 자수했다.

멍석말이를 당하고 매타작을 당했다.

산송장이었다. 숨만 붙어 있고 온몸이 늘어졌다.
경찰서에서 약속을 지키지 않았다.

찬 서리가 내린 신새벽 경찰서 문이 열렸다.
집안의 젊은 사람들이
지게에 지고 40리를 걸어서 왔다.
몸이 망가져서 업을 수가 없었다.
그 후, 평생 농사를 지으셨다.
지게도 못 지고 쟁기질도 못 하는
선비 농부였다.

1965년 내가 국민학교 1학년 때였다.
겨울방학 때 형님들을 따라 천자문을 배우러 다녔다.
깜깜한 새벽에 일어나 눈을 비비며
뒷자리에 앉아 어깨너머로 배웠다.
훈도 음도 틀린 글자를 몇 자 잡아서
친절히 교정해주셨다. 그리고 그 이유를 한참 설명했다.

작은 키에 하얀 두루막을 입고 바깥출입을 자주 했다.

향년 64세에 중풍으로 돌아가셨다.

반신마비로 누워 계시면서도

흐트러진 모습을 보이지 않으셨는데

들리는 말로는 대병 소주를 상자째로 사서

집에 두고 마셨다고 한다.

자식들은 신원조회 때문에 애를 먹었다.

세상을 향해 침묵해야 했기에

쓴 소주라도 마셨을까.

그래도 내가 어릴 때

재종조부님은 우리 집안에서는 상어른이셨다.

말씀을 거의 안 해도

애-햄, 한 번이면 모두가 자신들의 자리로 돌아갔다.

잇비장수

20대의 청년 시절
재종조부로부터 동학군에 대한 이야기를 들었다.

갑오년 언저리
동구 밖에 하얀 초립을 쓰고 흰 두루막을 입고
등에는
세 자루 정도의 잇비를 지고
대여섯 벌의 짚신을 지고
발걸음도 가볍게
비 사세요, 잇비 사세요, 하는 사람들이 있다면
그는 동학군이었다.
세상을 쓸어버린다고 잇비로
온 세상을 바꾸어버린다고

동네마다 돌며 사람들을 모으고
양식을 모으고
그들끼리 만나
은밀한 이야기를 나눌 때에도

비 사세요, 잇비 사세요,

그 비 장사들 어딜 보아도 장사치 같지 않고

험한 일 한 사람이 아니었다.

책상에서 책이나 읽던 책상물림 정 씨도

겨울 지나면 끼니 걱정하던

몰락 양반 김 씨도

농사일 외에 아무것도 모르던 일자무식 박 씨도

낫을 벼리고 도끼를 벼리던 대장간 이 씨도

하얀 초립동이 낯선 사람들을 우러러보았던 것은

각자 그들이 꿈꾸는 새로운 세상을

그를 통해 알 것 같았기 때문이다

그를 통해 그 꿈의 발자국 소리를 들었기 때문이다.

모두가 싀시마끔* 제 일을 하며

신명 나게 제 일을 하며

그 열매는 함께 나누어 함께 먹고 사는

어울림의 세상을 만들 수 있다는

그 꿈의 발자국 소리를 들을 수 있었기 때문이다.

* 싀시마끔 : 각자, 저마다 따로따로.

제3부

서산 위의 보름달

동트는 아침
서산 위에
피곤하고 지친 너는
희미하게 웃는다.

지난 저녁
동산 위에서 방싯방싯 웃으며
두 팔 벌리고 오더니
밤새
먼 길 돌아오면서
힘들었는가.

못 볼 것 보았는가.
북부서 유치장.
선배는 밤 열두 시가 넘으면 밤마다 불려가
첫닭이 우는 새벽이면 오는데
온몸이 고문으로 망가져
풍선처럼 부풀어 오르고
낮 내내

담요를 덮고 누워
꼼짝 않고 신음만 한다.
가을이 다 가도록
창살 너머 그 너머에서
너는 무기력하게 보고만 있었는가.

못 들을 말 들었는가.
학교에도 못 가게
아침부터 통금 전까지 같이 다니며
밥 사주고, 술 사주고, 극장표 사주던
그렇게도 친절하고 상냥하던 형사가
인지초등학교 뒤 대공분실 입구에서
포승줄에 묶인 채 서 있는데
"이 흉악하게 생긴 녀석, 순 악질 반동, 혐오스런 새끼"
발로 차고 손으로 때리더라.
너도 그렇게 혐악스레 생겼느냐
자신의 얼굴을 보며 내가 그럴까 마음 아파본 적이 있는가

말할 수 없는 일 겪었는가.

가을, 어느 날 밤

술 한잔 걸치고 늦게 집으로 가는데

아파트 관리실에서 건장한 젊은이 둘이 나와

두 팔을 뒤로 잡고 양어깨를 앞으로 밀치더니

검은 승용차를 탔다.

중부서 정보과

72시간쯤 잠도 자지 못하고

영문도 모르고

손으로 발로 몽둥이로 맞고서

온몸이 멍들고 아픈지도 모를 때쯤

또 다른 형사가 들어와

진술서만 쓰다가

네가 쓴 종이가 친구 종우네 엄마의 문방구에

팔려고 쌓아놓은 것보다 더 많은 것을 보고

이렇게 짧은 시간에 이렇게 많은 글을 쓸 수도 있구나 하고

현기증 나는 몸으로 진술서 뭉치를 무기력하게 보다가

무기력하게 손가락이 잡혀 손도장을 찍고

거리에 사람 없는 통금 시간, 캄캄한 새벽

24시간 해장국집에서
멍이 들어 욱신거리는 허벅지도 몸통도 잊고
밥 냄새를 참지 못해
주린 배를 채우기 위해
콩나물과 다진 마늘만 든
맑은 콩나물국에 밥 말아서 정신없이 먹은 적이 있는가
　그리고 게걸스레 먹은 것에 대해 스스로 부끄러워 시달린
적이 있는가

용서할 수 없는 일 겪었는가.
후배들에게 밥 몇 그릇 사주고 술 몇 잔 사주고
술값 몇 푼 주었다고
대공분실로 끌려가
공작 자금 대어주었다고
배후 조종자
며칠 동안 온몸이 멍들게 맞다가
두 다리를 절뚝이며 걸어 나와
멀쩡한 척

허세를 부린 적이 있는가
그리고는 어느 날
크리스탈 호텔 사우나실에서
영남대 법대 출신 안기부 계장 사찰 담당이,
알몸으로 만나
퍼런 멍을 보면서 요즘 잘 지내냐고 묻더라
그 얼굴의 눈과 입에는
측은한 듯 비웃는 듯 쓴웃음이 있더라.

잊고 갈 수는 없는가.
경찰서 진술서를 쓸 때마다
친구 난에
대학원에 다니는, 언제나 착하고
현실 순응적인 친구들이라고 골라 썼더니
한 친구, 아버지가 경찰이라며
앞으로는 전화하지 말라는
전화를 받은 적이 있는가.

하늘 반 바퀴를 돌며 지나는 동안에

조용히

담담하게

본 것, 겪은 것에 대해 받아들일 것 같으면서

그럴 수는 없다는 듯이

서산 위에

얼굴을 들고

그는 희미하게 웃는다.

고문

내 가슴이 그렇게 아팠던 것은
며칠 밤낮, 잠을 자지 못해서가 아니다.
밟히고 맞아서 온몸에 멍이 들어서도 아니다.
맞으면서 용을 써 몰려오는 피로 때문이 아니다.
망가지고 있는 내 몸의 모습 때문이 아니다.
고통을 피하려고 타협하는
어느새 '나' 아닌 내가 포승줄에 묶여 있었다.

이름도 잘 모르는 후배들에게
밥 몇 그릇 사준 것
술 몇 번 사준 것
그것 때문에
이름도 모르는 형사 앞에서
나도 모르는 그들의 이야기를 써주었다.
남들이 다 아는 이야기라기에
'보고 써'라고 한다고 써주었다.

나는 어느새
'나' 아닌 나와 타협하고 있었다.

앞에 앉은 형사와 타협하고 싶어서가 아니다.
홀로 있기만 하면 눈이 감기고 까물거리는
몰려오는 피로와 타협하고 싶어서가 아니다.
그가, 부르는 대로 써주고 빨리 나가라기에
이렇게 써주는 것이 아무것도 아니라기에
그 사소한 것들과 타협하고
그 하찮은 것들과 타협했다.
그 부정하고 싶은 '나' 아닌 나를, 위로하기 위해 타협했다.
그가 요구하는 대로 써주고 마지막으로
내 이름을 쓰고, 온몸에 힘이 빠져 멍하게 앉아 있는데
머릿속이 혼란스럽고
고통스러운 가슴 때문에 멈칫거리는데
그는 내 엄지를 잡아 도장밥을 묻히고
내 이름자 옆에 찍는다.
그 순간 온몸에 힘이 다 빠지고
'나'가 무너지는 소리를 듣는다.
두 눈은 자꾸만 눈물이 흘렀다.
아, 나는 영악한 기회주의자

여기로 온 지 몇 밤이 지난지도 모른다.

여기로 온 것을 아는 사람도 없다.

길고 긴 시간이 흐른 것 같다.

검은 커튼을 친 방 안에서

낮인지 밤인지도 모른다.

사복형사가 담배를 피우다가

간혹 커튼을 만지면 그 사이로

밝은 바깥도 있다가 검은 바깥도 있다가.

땅 위에서 내 발자국은

검은 장막 속에서

모래처럼 작아지다 먼지처럼 사라졌는지도 모른다.

잠을 못 자서 머릿속이 회오리바람처럼 헝클어졌다.

그때, 그 검은 방 밝은 불빛 아래

영원히 열리지 않을 것만 같은 그 문이 열리고

집으로 가라고 했다.

이른 새벽

그 깜깜한 방을 나서는 순간

내가 생각했던 '나'는 거기에 없었다.

잠깐 어두운 침묵이 그 방의 문을 바라보고 있었다.
내 얼굴을 보니
'나'가 아니다
'나' 모습을 한 껍데기가 그 방 안에 앉아 있었다.
'나' 얼굴의 그림자를 하고 앉아 있었다.
캄캄한 그 문을 나서는 추레한 내 모습을
뒤에서 물끄러미 보니
그것은 '나'가 아니다.
머리도 없고 생각도 없는
'나' 형상의 텅 빈 허수아비.

그런 내가 너무 부끄러웠다.
맑은 바람 앞에서 부끄럽고
밝은 아침 해 앞에서 부끄럽다.
나는 고개를 들 수가 없었다.

어슴어슴 밝아오는 길로 숨어서 나서는 순간
나를 알아보는 '누구도 없다'는 위안으로
검은 방 밖 세상으로 첫발을 딛는 순간

바삐 걷는 얼굴들이 한없이 부러웠다
코트 깃을 세우고 앞길만 보고 걷는
아, 저 발걸음이 한없이 부러웠다.
아는 사람 하나 없는 그 거리에서
나는 부끄러워 나를 숨기려고
옷깃을 세우고 고개를 숙였다.

구슬봉이

길이 보이지 않는 날들이 있었습니다.
산길을 잘못 들어 잠시 방향을 잊고
어둠이 내리던 벼랑길에 등지고 누워서
하얀 서리가 내리는
캄캄한 밤을 맞으며
추워서 한기가 들어
온몸을 움직일 수 없는 밤이 있었습니다.

주머니를 뒤져서 밤 몇 톨, 땅콩 몇 개를
나누어 씹으며
천천히 씹으며 천천히 어디로 갈까를 생각해보았습니다.
그 길 끝에는 장미나 백합 같은 것은 없어도 좋습니다.
개나리나 진달래가 없어도 좋습니다.
바위 사이로 채송화 한두 송이 보여도 좋습니다.

그것도 보이지 않으면
마음속으로
그 길 끝 어딘가에, 오월의 상수리나무 숲

그 마른 잎 속 숨어서 어디쯤 피었던
눈에 띄지 않는 보랏빛 꽃
구슬봉이
한 포기쯤 피어 있어도 좋습니다.
마음속 그릴 수만 있어도 좋습니다.

꽃이 피어날 수 있다는 것은
아무리 작고 눈에 띄지 않아도
아직은
소중한 꿈을 가꿀 수 있기 때문입니다.

아서원

대구백화점 남쪽에
아서원이라는 중화요리 집이 있었지
1980년대, 안기부 직원
사찰 담당자가 약속을 하면
늘 그 요릿집이었지.
한일호텔 뒤편 호텔 주차장에
낡은 포니 승용차를 세우고
걸어서 아서원으로 그는 늘 왔었지.
그 아서원에는 그만 오는 것이 아니었다.
나도 모르게 그들끼리 눈짓 대화 나누는 것을 보면
거기는 그들의 대구 시내 연락처쯤 되는지도 몰라
저들끼리 친하게 말을 하다가도
내가 들어서면 모르는 척 고개를 돌리기도 하고
어쩔 수 없으면 한 사람쯤은
나를 그에게 소개하기도 하고
그를 나에게 '우리 직원이다' 하고 말하기도 했었지.
그 아서원의 창가에 앉아
대구백화점 쪽을 보면

그쪽 길로 오고 가는 사람들을 다 볼 수도 있었지.

별 볼일도 없이 안기부 직원에게 불려서

아서원으로 가는 날은

나는 그들에게 관찰 대상, 사찰 대상이 되어

머리끝부터 발끝까지

눈길로 훑어보는 대상이 되었지.

나도 창가에 앉아 그들처럼 대구백화점 쪽을 바라보며

오는 사람 가는 사람 머리부터 발끝까지

무료하게, 훑어보고 앉아 있었지.

닭장차를 타고 세상 구경 나섰다가

한 사십 년쯤 전에
화원교도소에서 법원에 출정 간다고
포승줄에 묶여
법무부 버스를 타고
철망 친 유리를 한 닭장차를 타고
상인동을 지나 대구 시내를 지난다.
빨간 신호등에 차가 멈추어 서면
우리들은 철망의 틈새로 유리창 밖
세상 구경을 한다.
늦가을 따스한 어느 날
밝은 햇살 아래 교차로의 신호등을 기다리는데
창밖에 웃고 떠드는 사람들의 모습,
참 신기하다.
저런 세상도 있구나.
몇 달 사이에 세상은 너무 낯설다.
웃고 떠드는 저 모습들이 너무 낯설다.

낯선 세상, 구경하는 표정으로

유리창을 통해 철망 사이로
세상 구경을 하면

신호등 옆에 섰던 사람들은
손가락질을 하고 쑥덕거리며
닭장차 속의 우리들을 구경한다.
푸른 수의를 입고 수갑을 차고
포승줄에 묶여 앞 결박을 당하고
창밖을 보고 있는 사내들의 모습

그 유리창과 철망은 사십 년이 지난 지금에도 있다.
내가 세상 밖에 서서 사람들을 보면
살아가는 모습들이 너무 신기하다.
한 푼, 두 푼에 아우성치며 싸우는 것들이 낯설고
술 한 잔에 소리소리 지르며 노래하는 것들이 낯설고
머리 뜯고 싸우다가 한 푼 돈에
우리는 형제 희락거리며 얼싸안는 모습들이 낯설다.

고문을 이기는 법

1980년 중부경찰서 유치장에 있을 때였었지.
모든 사람들로부터 단절된 채
며칠이 되었는지도 몰랐다.
가을이었지.
뒷담 너머 종로초등학교 운동장에서 운동회 연습하는 소
리가 들렸지.

그때 어느 날 소매치기 조직
일곱 명이 유치장으로 들어왔지.
중앙공원 일대를 자신들의 활동 지역으로 삼았대.
전국 범죄자 일제 소탕령이 내리고
잡혀 들어온 셈이지.
소위 사장이라는 사람이 그의 아내를 통해
경찰서장과 협상을 한다더군.
매월 이백만 원, 상납한 돈들이 수표인데
복사해서 날짜와 장소를 적어 공책에 정리해두었대.
풀어주지 않으면 기자회견을 한다면서

그 협상이 협박이 되었는지

그 조직에 대한 고문이 시작되었다.

자정이 되면 불려가서 첫닭이 울 때쯤 유치장으로 돌아왔다.

그 고문이 시작되자 그 사장은

전 조직원에게 단식 통보를 내렸다.

그 사장은, 고문을 이기는 장사는 없다.

고문을 이기고자 체력을 기른다고 억지로 먹으면

몸도 망가지고 정신도 망가진다.

고문을 이기려면 체력을 약하게 해야 한다고 특명을 내렸다.

고문 앞에 장사 없다

지금부터 단식이다.

체력이 바닥나면 쉽게 의식을 잃는다.

매타작이든 물고문이든

의식을 잃으면 고문은 끝이다

몸을 약하게 해, 한 대 맞고 정신을 잃어라.

지금부터 단식이다
몸도 구하고 정신을 지키려면
체력을 버려라
고문을 이긴다.

그들에 대한 고문은 며칠 뒤 중단되었다.

북부경찰서 유치장으로 옮겨 갔을 때
옆옆방에 두레서점 정상용 선배가 고문을 당했다.
자정이 되면 불려가 첫닭이 울 때쯤 돌아왔다.
온몸이 걸레가 되어 돌아왔다.
매타작도 있었고
병아리장 돌리기도 있었고
전기고문도 있었다고 들었다.
온몸이 부어서 부풀어 올랐다.
살아야 한다고 먹어야 산다고
억지로 조금씩 먹었다.

낮에는 종일 누워만 있었다.

그 고문은 밤마다 계속되었다.

몸도 망가지고 정신도 망가졌다.

4년쯤 뒷날, 그 선배 만기출소가 되었을 때

망가진 몸을 추스른다고 요양을 한다고도 들었다.

그 후 오랜 세월이 흘러서

사는 것이 힘들어

산다는 것이 무엇인지 모를 때

발길을 멈추고 문득

버리는 것이 사는 것이다

버리는 것이 사는 것이다

환청처럼 귓가에 맴도는 소리를 들었다.

고문의 기술

고통을 자극해봐

사람마다 다르지만
참을 수 있다는 말의 한계(限界)를 넘어서는 것
참을 수 없다는 말의 의미를 일깨워주는 것

칠성판에 묶어두고 보리타작을 하든
통닭구이로 꿰어두고
물에 잠가도 보고,
입을 벌리고 고춧가루 물을 먹여보든
손톱 밑에 대바늘을 꽂든
병아리장에 태워 우주선으로 날든
손가락 끝에 전기선을 물리고 스위치를 누르든

죽음이 보일 만큼만 가고
죽음을 넘어서는 안 돼

상대가 어떤 반응을 보이든

감정이 들어가선 안 돼

항상 냉정하게 즐기라고

고통의 자극을 더하며

고통스러워하는 것을 즐기라고

사람마다 다르지만

참을 수 있다는 말은 한계가 어디일까

참을 수 없다는 말의 첫 시작이 어디일까.

궁금하지?

생명선의 낚싯줄을 잡고

밀고 당겨 참을 수 있다는, 말의 한계선을 찾아보는 것.

참을 수 없다는, 의지의 한계를 넘나드는 것.

죽음에 이르기 전 생명의 한계를 알아보는 것.

권투 중계를 보다가

사각의 마루판 위에서 싸우는 사람들은
행복하다.
한 대 때리려다 되받아치는 주먹을 맞고
마룻바닥에 나동그라진 사내도
행복하다
그는 한때 상대를 노려보며
눈싸움이라도 해보았다.
그는 한때 상대를 때리려고
주먹이라도 휘둘러보았다.

포승줄에 묶여 결박을 당한 채
무릎을 꿇고 앉아 있는데
누가 와서
밟고 차는 것을 당해본 적이 있는 사람들은
아구통을 맞고 옆으로 쓰러져본 적이 있는 사람들은
몽둥이로, 팔이고 등이고 허리고 허벅지고
가리지 않고 때리는 대로 맞아본 적이 있는 사람들은
노려보았다고 매타작을 당해

축 늘어져본 적이 있는 사람들은

산다는 것이 별것인가
싸우다가 지는 것이 그리도 중요한가
때로는 처절하게 맞고 마룻바닥에 나동그라질지라도
한 대라도 때려본 적이 있다는 것은
온 힘을 다해 때리려고 다가가보기라도 했다는 것은
저 사각의 마룻바닥 위에서처럼
때리고 맞고 하면서 살아갈 수 있다는 것은

행복하다
행복하다고 하고 싶다
행복해 보인다고 하고 싶다
마룻바닥에 누워 일어날 수 없어도
행복해 웃어야 한다고 하고 싶다.

1978년 11월 2일 낮 12시

경북대학교 교양학부동에서

3교시 수업이 끝나고

건물 밖으로 나오는데

갑자기 사이렌 소리가 나고

이상한 차가 후문에서 들어와

속도를 내며 시계탑 쪽으로 향했다.

그 속력은 엄청났다.

학생들이, 인문관 앞 소나무 숲에 있는

콘크리트가 달린 긴 의자를 길 위로 옮겼다.

그 의자들을 부수고 차는 달렸다.

최루탄이 연이어 터졌다.

일청담 주변은 최루가스가 자욱했다.

그날 경북대 시위는 그것으로 끝났다.

시위 주도 학생들은 많은 학생들이 지켜보는 가운데

경찰차에 구겨져 태워졌다.

학교 안은 불안한 침묵이 흘렀다.

학생들이 여기저기서 술렁거렸다.

학생들의 자존심이 심각하게 더럽혀졌다.

며칠 뒤 인문관 옆에서 기독교학생연합회의 손ㅎㅇ만이
사방을 두리번거리다가
동아리 회장단 모임에 나오라는 말만 하고 사라졌다.

1978년 11월 7일

그날 12시 무렵 인문관 앞 솔숲 긴 의자에 앉아 있었다.
시계탑 쪽이 술렁거렸다.
최루탄 차가 후문에서 달려왔다.
학생들의 저항이 격렬했다.
보도블록이 깨어졌다.
최루탄 차가 돌에 맞았다.
학생들이 그 차를 뒤집어버렸다.
학생들이 후문으로 몰려갔다.
쇠로 된 후문이 잠겼다.
학생들이 정문으로 몰려갔다.
정문도 잠겼다.
돌이 날고 최루탄이 터졌다.
인도 위에 블록들이 깨어졌다.
다시 후문으로 몰려갔다.
돌이 날고 최루탄이 터졌다.
한 학생이 닫힌 대문 위로 올라갔다.
문이 열리다가 다시 잠겼다.
여학생들이 치마로 돌을 날랐다.

그러다가 누군가가 체육관 뒤로 가자고 했다.

비럭 벼랑을 타고 길 위로 내려갔다.

도청교를 건넜다.

제일모직 앞에 왔을 때

시위대 앞으로 최루탄 차가 오더니

최루가루를 팔뚝만 한 호스로 뿜었다.

나는 시위대의 뒤에 서 있었다.

어느새 앞이 되었다.

눈이 따갑고 숨이 막혔다.

얼굴이 덴 것처럼 따갑고 쓰렸다.

경명여고 담을 넘었다.

그날은 예비고사 시험을 치는 날이었다.

학교 안을 소란스럽게 한 것이 미안했다.

조용히 교문으로 나왔다.

누군가 치약을 사서 눈 밑에 바르자고 했다.

칠성시장을 지나 대구역 앞으로 갔다.

대구백화점 앞에서 모이자고 했다.

일부는 시민회관 뒷담을 부수었다.

여러 명이 손으로 시멘트 블록의 담을 밀치니

담이 넘어졌단다.

그 담 조각 몇 개를 역전 파출소에 던지니

순경들이 모두 도망갔단다.

그들은 향촌동을 지나 대백 앞으로 모였다.

순식간에 천 명이 넘는 시위대가 모였다.

반월당을 지나 명덕로터리의 2 · 28기념탑을 돌아서

학교로 향했다.

남문시장 교차로를 지난 대한극장 앞에서

시위대는 길에 앉아 구호를 외쳤다.

한 여학생이 또렷또렷한 목소리로 주먹을 쥐고 선창했다.

시민들이 음료수와 빵 상자를 가져왔다.

학생들의 사기는 더욱 높아졌다.

통일로를 지나 후문을 지나 본관 앞에 왔다.

유신 철폐, 구속 학생 석방하라

구호를 외치다가 해가 지면서 시위대는 해산했다.

정문으로 나와 평화시장 옆에 있는

철학과 배 선배의 자취방으로 갔다.

술을 마시며 시위대의 앞장을 섰던 선배 동료들을 걱정

했다.

11월 8일 학교에 오니 교문은 닫혀 있었다.

군인들이 총을 들고 학교에 들어가지 못하게 했다.

축구장과 야구장에는 장갑차가 주둔했다.

위수령이 내렸다.

학교 주변에 담장을 쌓았다.

며칠 뒤부터 지도교수들은 학생들의 가정 방문을 했다.

학부모를 만나 시국과 시위 문제를 이야기했다.

그리고 긴 겨울방학이 계속되었다.

청도식당

경북대 정문 앞
반지하의 낡은 단층집
코끝에 맑은 콧물이 드는 할매
혼자서 막걸리를 팔았지.
거기는 복현문우반의 휴식처
술값이 모지라도 마시고는 외상으로 달았지.
주인집 할매는 한 번도 외상값을 달라고 하지 않았지.
누군가 돈이 생기면 갚고 했지만
다 줄었다는 말은 잘 듣지 못했지.
시간이 난다고 누군가 앉아 있으면
또 누군가가 다가와 대작을 했었지.
막걸리 한 주전자에 깍두기 한 접시.
가난한 학생들이 늦은 오후에 모여들면
빈속에 술 마시면 속 버린다고
밥 한 공기도 떠주었지.
맑은 콧물을 손가락으로 힝 하고
그 손으로 숟가락의 물을 훔치고
밥공기에 얹어주기도 했었지.

어느 날은 검게 때 묻은 흰 앞치마로
숟가락의 물기를 닦고 주기도 했었지,
그 숟가락으로 깍두기 반찬해서
밥 한 공기 달게 먹고
안주 없이 술을 마셨지.
할매의 인정에 끌려 그 숟가락에 대해서는 한 마디도 못
했지.

세월이 흘러 장년이 된 어느 날
그 집 앞을 지나다 보니
반지하의 단층집, 그 집은 없고
덩그런 건물이 들어서 있더라.

포장마차 이판사판

1979년 겨울 임광호 선배가
긴급조치 위반으로 화원교도소에 있다가
가석방이 되어 나왔지.
이판사판이라는 이름을 달고
후배 권○갑을 데리고
중앙초등학교 담장 밑에서 포장마차를 했지.
해가 지고 어둠이 깔리면
카바이드 불을 켜고 판을 벌였지.
꼼장어 양념구이와 소주, 막걸리를 팔았지.
밤 10시가 넘으면 들러서
마지막 손님이 되어 소주를 시키고
꼼장어 정리를 해주었지.
그해 겨울 몹시 추운 어느 날
정보과 형사들이 찾아와 이판사판 폐쇄를 전했지.
너무 시대를 조롱하고 반항적이라고 했지
사회적 허무의식을 조장한다고도 했지.
그래서 이름을 바꾸거나 문을 닫으라고 했지.
장렬하게 문을 닫을지언정
남아 어찌 이름을 쉬이 바꾸겠냐며
몇 주를 더 버팅기다 결국 문을 닫았지.

곡주사(哭呪士)

내 20대의 10년을 드나들던 집

염매시장 뒷골목

비가 오면 질척거리는 골목의 끝집, 성주식당

작은 나무판자에 검은 페인트로 써놓았지만

잘 보이지도 않았고 거의 본 기억도 없는 집.

머리칼이 하얀 정옥순 '할매'가 혼자서

찌짐도 굽고 막걸리를 팔던 집

한 번씩 손수 담근 동동주를 팔기도 하고 주기도 하던 집.

이 할매의 정에 끌려

가난한 운동권 학생들이 많이 드나들던 집

시대의 울분을 말하며 운동권 노래를 마음껏 부르던 집.

몇몇 학생들이 이 집 이름을 곡주사(哭呪士)라고 불렀지

시대를 통곡하고 저주하는 학생들이 모인다는 집.

어느새 이 집을 드나드는 사람들 사이에 은밀한 이름이

되었지.

1980년대 초, 어느 날부터 주인 할매를 '이모'라고 부르는

할매처럼 마음씨 좋은

딸 같은 어린 처녀가 잔심부름도 하던 집

그래서 이 집을 드나들던 학생들도 '이모'라고 부르게 되

었지.

화장실이 있던 뒤쪽 방문은

겨울이면 있다가 여름이면 없다가 하던 집.

대구 학생운동의 본거지

1979년 사찰 담당 형사가

곡주사(哭呪土)에 자주 가느냐고 물어서

그 집 이름이 곡주사(哭呪土)라는 것을 처음으로 알게 된 집.

젊은 학생들이 술을 마시고

대책 없이 술값을 다 못 내도

늘 웃으며 또 술을 주고 밥도 주던 집.

이 집을 거쳐 간 취업한 어느 착한 선배들이

그 대책 없는 외상값을 한 번씩 가끔

대책 없이 조금 주기도 하는 집.

술을 파는 이모나 술을 먹는 학생들이

그 외상값에 주눅 들지 않고 서로에 대해 당당하던 집.

2층 다락방은

학생들이 어우러져 술을 마시기도 했지만

갈 곳 없는 학생들이
통금이 되었다는 핑계를 대고
돈 안 내고 잠을 자던 방.
이모도 땀에 전 이불을 연민의 정으로 덮어주었지.
그렇게 잠을 자고 늦은 아침 하품을 하고
어슬렁거리며 아래층으로 내려오면
콩나물국에 밥을 말아주던 집
술값과 밥값을 받았는지 주었는지도 다 기억하지 못하던
집.

이 집 이름을 처음 듣는 정보과 형사들이
곡주사라는 절이 어디에 있느냐고 찾아서
곡주사(哭酒寺), 시대를 통곡하며 술 마시는 절
반정부 지하조직이 은밀하게 활동하는 대구 시내에 숨겨
진 사찰
아무리 찾아도 이름만 있고 절집이 없더라는 절.
이름이 절이라 돈도 없이
이 집 2층에 아예 먹고 자는 학생들을 대표하여
주지도 생기고, 그 주지 자리를 물려주기도 하던 집

이 절 주지들은 학생운동으로
화원교도소 별들을 이미 달았었지.
이 이모 할매는
이 절에 출입하던 학생들이 구속되어 재판을 받으면
방청석에 들어가 손수건을 흔들며
힘내라는 표시도 하였다지.
이런 인연으로 그 할매도
전두환 시절에는 대공분실에 몇 번이나 불려가
많이 맞기도 했다지.

그 이모 할매도 나이 들어 술집을 접고
남산동 반지하 단칸방, 가난한 생활을 했다지.
과거의 외상값 장부들은 다 불살라버렸다며
늘 옛날 학생들을 불러
손수 담근 동동주 한 사발, 손수 만든 안주를 가지고
술 한잔 나누고 싶다고 했다지.

세월이 한참 지나 2010년대의 어느 겨울날
그 곡주사를 드나들던 학생들이 장년이 되어

범어천 길가에 큰 식당 하나 빌려

그 이모 할매의 팔순 잔치를 한 적이 있지.

곡주사를 거쳐 간 학생들이 돈을 내어

식당을 빌리고 그 할매를 모시고

모여서 잔치 한 번 한 적이 있지.

옛날 외상값을 다 갚지 못했던 장년이 된 학생들은

선물도 사고 봉투도 전하며

흐뭇하게 옛날 노래도 한 번 불렀지

아침이슬, 선구자, 광야에서, 묶인 손의 기도, 금관의 예수, 등을

비장함이 사라진 시대에 비장하게 한 번 불렀지

흥이 뻗쳐 젓가락 장단으로

한 시대의 난봉꾼의 회한인 듯 진주난봉가도 멋들어지게 한 번 불렀지

이모 할매가 손수 만든 술안주도 나누며 불렀지.

내 인생은 블랙리스트였다

    1.

박근혜 정부의
문화 예술계의 블랙리스트 명단이 발표되고서
내 이름이 그 안에 있다는 것을 잘 아는
한 후배 시인이
선배, 블랙리스트에 대해 글 한 꼭지 써야지
이 말을 듣고 잠시 생각이 아득해졌다.

블랙리스트,
나는 이 말을 듣고도
아무 충격이 없었다. 돌이켜보면
내 인생이 블랙리스트였다.

    2.

1979년 9월 4일
대학교 3학년, 경북대 시계탑 앞 일청담 옆에서
영어교육과 임광호 동아리 선배가

유신 반대 시위를 했다.

지질학과 정동남, 고분자공학과 하종호와,

시계탑 앞에서 유인물을 읽다가

사복형사들이 우르르 몰려들자

도서관 앞으로 온 힘을 다해 뛰었다가

양팔이 잡혀 다시 일청담으로 끌려 내려오며

고개를 빼어들고 양어깨가 옷의 허물을 벗듯이

온몸의 힘을 다해 외쳐보는

"유신 철폐, 김경숙의 죽음을 헛되이……."

입을 막아도

온몸으로 힘을 모아 고개를 빼 쳐들고 소리치는 안타까움

어느새, 일청담 가에는

사복형사들이 시위 학생들보다도 많았다.

그 형사들에게 잡혀 끌려가며

온몸으로 버팅기는 선배를 보며

일청담 버드나무 아래 서서

나는 눈물을 주루루 흘렸다.

분노와 부끄러움으로

발이 움직이지 않아 오래오래 그 자리에 서 있었다.

일청담 가가 평소처럼 조용해졌다.

눈물도 닦지 않고 그 자리에 서 있었다.

사방에서 적막이 휘장처럼 흘러내리고 있었다.

그리고 며칠 뒤 북부서 정보과 형사 장○철이 찾아왔다.

그와 막걸리를 마셨다. 술값을 내러 사장님을 부르자

술값을 그가 냈다. 내 앞을 막아서며

그는 사찰비로 하루에 5천 원씩 받는다고 했다.

그 후 그는 일주일에 한 번씩 찾아왔다.

사찰 보고서를 매일 써야 한다고 했다.

보고서를 좋게 써주겠다고도 했다.

그는 친절하고 부드러웠다.

3.

1979년 10월 18일 부마항쟁이 일어나고

다음 날 장○철에게서 전화가 왔다.

그다음 날 장○철은 내 몸집의 두 배나 되는

건장한 사내 둘을 데리고 학교에 나타났다.

사찰 담당 형사가 바뀌었다고 했다.

귓속말로 이 두 사내는 유도대를 나왔다고도 했다.

꽉 다문 입술, 얼굴에 감정이 없었다. 표정이 없었다.

"내일부터 학교는 가지 마세요."

"수업 출석과 성적은 알아서 할게요."

기계적인 말만 하고 그 둘은 돌아갔다.

그 말과 행동 때문에 가슴이 갑갑했다.

22일 월요일 아침 8시, 책가방을 들고

집에서 나오니 대문 앞에 그들 둘이 기다리고 있었다.

갈 곳이 없었다.

27번 시내버스를 타고 동성로에서 내렸다.

뉴욕제과에 들러 빵과 우유를 함께 나누고

아카데미 극장에 가서 영화를 보았다.

제목이 무엇인지도 모른다.

비행기가 바다에 비상착륙을 하고

승객들이 우왕좌왕하며 아우성을 치는 것이었다.

종로 골목에서 점심을 먹었다.

갈 곳이 없었다. 중앙공원을 어정거렸다.

내가 벤치에 앉으면 그들은 옆에 서서 먼 산을 보았다.

표정 없는 사내 둘과

말도 하지 않으며 보내는 시간.

시간이 더럽게 길었다.

밤이 와서

한일호텔 뒤편 '오삼식당', 막걸리 집에서 술을 마셨다.

셋이 앉아 술을 마시는데 혼자서 자작을 했다.

술맛이 참 없었다. 몇 잔에 취했다. 술값은 그들이 계산했다.

밤 11시를 넘어서 집 앞까지 따라왔다가

대문에 들어가는 것을 확인하고 그 둘은 돌아갔다.

길고 긴 하루가 이렇게 지나갔다.

　　4.

1979년 10월 27일, 아침

마당을 쓸고 골목을 쓸고

수돗가에 가 세수를 했다. 7시쯤

현관문을 들어서는 순간

라디오에서 '박 대통령 서거'라는 방송이 흘러나왔다.

두 귀를 의심했다. 다시 한번 반복되었다.

두 손을 번쩍 들고 만세를 불렀다.

자유는 이렇게도 쉽게 오는 수가 있었다.

그렇게 잠깐의 자유가 왔다.

그날부터 건장한 사내 둘, 사찰 담당은 오지 않았다.

5.

또다시 장○철이 나타나기까지는

그리 많은 세월이 흐르지 않았다.

1980년 봄, 장은 다시 나타나

그 어찌할 수 없는 웃음을 지으며 미안해하는 몸짓으로

가끔 한 번씩 만나서 대포나 한잔하자는 것이었다.

5월 18일 광주, , , , ,

아, 그날 대구에도 낮 2시 반월당에서 시위를 하자는 말

이 있었다.

그날 햇살은 너무나 따갑게 아스팔트 위를 때렸다.

시위하자던 학생들은 길 위에 없었다.

인도 위에서는 더러 무리 지은 학생들이 웅성거리기도 했다.

길가에 경찰차와 늘어선 경찰만 있었다.

친구들과 길가에 오래 서서 따갑게 내리쪼이던 햇살만 바라보았다.

5월 24일 반월당에서 시위를 하자는 말이 다시 있었다.

그날 오후 광장에는 침묵의 고요가 따가운 햇살에 맞서 있었다.

팽팽한 긴장감이 아스팔트 위에 반짝이고 있었다.

길가에는 진압대들이 무장을 한 채 줄을 지어 앉아 있었다.

시위하자던 학생들은 나오지 않았다.

쏟아지는 뙤약볕 아래 오래오래 서 있다가

몇몇 친구들과 술을 마시러 향촌동으로 걸었다.

중앙공원 앞을 지나다가

신문 가판대 위

석간 매일신문 첫 면에

광주에서 사람들이 시위를 하다가 '세 명 죽었다'고 실렸다.

그 글자가 주먹만 하게 보였다.

그 글자가 망치가 되어 내 머리를 때렸다.

그날 향촌동에서 폭음을 했다.

1980년 5월 30일, 경북대 후문 앞, 김 선배 자취방에 들렀다가

우리도 자주 만나 책도 읽고 다음 준비를 하자고 했다.

그렇게 모이던 어느 날

광주에서 사람들이 많이 죽었다고

유인물을 만들어 뿌리자고 했다.

철필 대신 다 쓴 볼펜심으로 등사원지를 쓰고 또 썼다.

6월 그믐날쯤 통금 직전 만촌동 효목동 일대에

담장 너머로 '알려드립니다'라는 그 유인물을 뿌렸다. 캄캄한 시대의 절벽 앞에 서서 계란 몇 방울 묻혀보았다.

6.

키가 작고 야무진 형사 원○갑이

경북대학교 후문 사회과학서점인 두레서점 앞에서
잠복근무를 했다.

그 서점은

경북대학교 농대 농촌문제연구회 동아리 출신 및 재학생이
공동 모금하여 만든 것이었다.

서점에 드나드는 학생들은 블랙리스트가 되었다.

그 서점에는 몰래 팔리던 복사판 책들이 있었다고 들었다.

해방 직후 번역본인 자본론

월북 농학자인 인정식의 조선농경제사

신동엽의 서사시 금강

김지하의 오적.

그 서점의 두레에 참여한 사람들은 줄줄이 구속되었다.

반공법 위반이었다. 고문하여 대규모 간첩단으로
조작하려 했다.

그 서점 책갈피에서 그 유인물이 나왔다.

1980년 9월 21일 일요일 아침 경찰이 집으로 찾아왔다.

전날 술을 많이 마셔서 늦잠을 자고 싶었다.

방에서 몸을 뒤척이고 있었는데

대문 밖에 누가 찾아왔다고 한다.

여름 홑바지에 반팔 셔츠를 걸치고 나갔다.

바지 주머니에는 동전 100원이 남아 있었다.

대문을 나오는 순간

두 명의 사복형사가 양쪽에서 팔을 낚아챘다.

인기척에 뒤를 돌아보니

지붕이 마주 대인 뒷집 장독대 위에서

두 사람의 사복형사가 내려왔다.

검은 승용차를 탔다.

세 친구가 이렇게 잡혔다.

양손에 은팔찌를 차고 포승줄에 묶였다.

인지초등학교 뒤 대공분실에서 내렸다.

건물 앞에서 한 형사가 뛰어와서 내 아구통을 날렸다.

허벅지를 사정없이 걷어찼다.

얼굴이 기억나는 것도 같았다.

"이 악질 새끼, 혐오스러운 얼굴, 보기만 해도 밥맛없다."

그는 할 수 있는 모든 폭언을 동원했다. 처음 들어보는

그 말들은 내 귀에서 메아리처럼 오래오래 남았다.

우리들은 각자 다른 방으로 나뉘었다.

온 벽과 천장이 하얀 방, 책상 하나에 의자 둘

포승줄에 묶인 채 꿇어앉으라고 했다.

천장의 석고보드 너머에서 들리는

비명 소리, 신음 소리, 고통 소리

그 넓은 방에 혼자서

하루 낮과 하룻밤을 지냈다.

온밤 내 고통의 번뇌가 머리에 돌고 돌았다.

소리들의 고문 속에 하룻밤을 새하얗게 갔다.

스물세 살의 청년은 하룻밤 사이에 영혼이 죽었다.

다음 날 아침, 식당에서 배달된 밥 한 상이 들어왔다.

입안이 까칠했다.

밥상은 구경만 했다.

곧이어 나만 중부경찰서 유치장으로 갔다.

경찰서 안, 큰 방의 나무 계단을 오르고 내려가

철책 문을 열쇠로 열고 들어갔다.

소지품 검사

발가벗고 똥구멍 검사까지 하고

돈 100원과 허리띠는 유치장 사물함에 유치하고

낡은 목조건물 유치장으로 들어갔다.

일자(一字)식 복도 따라 방이 양쪽에 쭉 있었다.

남쪽은 구류 방, 북쪽은 기소대기 방

북쪽인 오른쪽 1번 방, 여자 유치장이 있었다. 창살로

웃음소리 욕 소리가 들렸다. 얼굴이 화끈거렸다.

5번 방, 어둡고 침침한 방문을 따고

내 몸은 밀쳐져 들어갔다.

방 안에는 소매치기범, 장이 있었다.

인사를 나누고 긴장이 풀리며

마음이 느슨해지자 배고픔이 밀려왔다.

점심시간, 출입문 아래 식구 통으로 밥이 배달되었다.

막걸리 잔만 한 양은 공깃밥 그릇에

물이 흐르는 꽁보리밥 반 공기,

소금에 절인 단무지 두 쪽

밥은 전부 두 숟가락, 단무지는 손톱만큼 베어 물었다.

게궂은 밥이었지만

배가 고파 천천히 먹었다.

소매치기 장은 사식을 사서 먹었다.

보리쌀이 섞인 쌀밥과 식당 김치.

설탕 맛이 약간 도는 노란 김치

그 김치 한 쪼가리가 부러워 보였다.

내 눈이 어느새 그 김치에 머물러 있으면

내 자신이 측은해 눈물이 났다.

눈을 게슴츠레 뜨고

나에 대해 다시 생각하며

배고픔에 대해 내 몸의 감각을 없애려고 애썼다.

조서를 쓰러, 가끔씩 깊은 밤인 통금 시간에 불려갔다.

키가 크고 얼굴이 미끈한 사내 둘

양손에 은팔찌를 채우고 포승줄을 느슨하게 묶었다.

중부경찰서 뒤 한옥 건물

소나무 현판에 검은 글씨로 삼성물산이라고 쓰여 있었다.

다락방에는 나무 책상과 의자가 있었다.

벽 쪽에는 길고 짧은 목검이 나란히 정리되어 있었다.

캄캄함 방, 책상 위에는 스탠드 등 하나가 어둠을 밝히고
있었다.

가끔씩 북쪽의 통풍구에 매달려

종로초등학교 운동장을 바라보는 것이 낙이었다.

바람에 노란 은행나무 잎이 우수수 날리던

어느 날

구류 날짜가 차서

유치장을 나서는 사람이 있어서

집 전화번호를 알려주고

내가 있는 곳을 알려달라고 전화 한 통 부탁했다.

한여름 바지, 반팔 셔츠가 추워지는 어느 날

칠성동 북부서 유치장으로 옮겨졌다.

현대식 시멘트 건물이었다.

부챗살처럼 감방이 펼쳐져 있었다.

거기는 많은 학생들이 있었다.

공범들이 각 방마다 흩어져 있었다.

고문을 많이 받은 사람들은 몸이 부어 있었다.

옆옆방에 두레서점 주인 정상용 선배가 있었다.

정 선배는 아직도 고문을 받고 있었다.

밤 열두 시가 되면 불려 나가고 첫닭이 울 때쯤 돌아왔다.

병아리장도 타고 전기 고문도 한다고 했다.

온몸이 풍선처럼 부어 있었다.

낮에는 누워서 신음만 했다.

바라보는 것이 고통스러웠다.

그 선배는 4년을 살고 나왔다.

망가진 몸을 추스른다고 요양을 떠났다고 들었다.

쉰을 넘기고 암으로 죽었다.

7.

1980년 10월 말 아침 기소되었다.

5관구사령관 군사법정, 검사, 육군 중위

연약한 몸집의 순한 사내, 잘못한 것은 없지만 현실법의

위반,

그는 얼굴도 말도 난처한 표정을 지었다.

화원교도소로 갔다.

죄수번호 1935번

이 번호판을 가슴 앞에 들고 사진을 찍었다.

그날부터 이는 내 이름이 되었다.

죄수복 왼쪽 가슴에 이 번호 명찰을 달았다.

미결 잡범방인 2층,

방에 들자 신고식을 했다.

운동권 학생들은 빨갱이라 머리에 뿔이 달린 줄 알았다고
했다.

그렇게 약한 몸으로 무슨 운동을 하느냐고 놀렸다.

방장은 향촌동파 두목이었다.

그는 범죄 소탕령으로 잠시 들어와 있는 것이라고 했다.

시간이 지나고 시국이 잠잠해지면

나간다고 했다.

그는 학생운동에 우호적이었다.

배식 보조가 되었다.

죄수 냄새가 사방에서 났다.

그것은 콩밥을 먹고 누는 똥에서 나는

콩 썩는 냄새.

점심부터 흰콩이 가득 섞인 찐 보리밥 뭉치

쌀알은 다 퍼져 보리밥 사이로 숨어서 보이지 않았다.

멀건 미역국, 콩나물이 스쳐 지나간 콩나물국, 돌이 버석

거리는 김치.

미역국이나 콩나물국 국물에는 사람들이 버터를 타서 먹

는다.

콩나물은 건져서 구매한 양념으로 버무려 먹고

김치는 다시 씻어서 구매한 양념으로 버무려 먹는다.

20명이 넘는 사람들이 한 방에 자야 했다.

고참들이 편히 자면 신참들은 칼치잠.

내 잠자리는 뺑끼통 앞부터 시작되었다.

물이 이렇게 소중한 줄을 처음 알았다.

아침마다 배달되는 물 두 양동이

한 방 사람들이 일용할 물의 양,

마시고, 세탁하고, 몸도 씻었다.

물 한 대접이면 머리를 감았다.

두 방울을 머리에 묻히고 비누칠을 하고

한 방울씩 떨어뜨려 머리를 헹구었다.

물 두 대접이면 온몸을 씻었다.

8.

1980년 12월 4일

5관구사령관 군사법정,

국선변호사 육군 소령, 범죄 요건의 정당성만 주장했다.

최후진술, 할 말이 없었다. 이런 법정에서

계엄포고령 위반으로

1년 형에 집행유예 2년의 선고를 받았다.

화원교도소에서 범어동 집으로 돌아왔다.

백부님이 집에 와 계셨다.

방으로 불러서

"너 잘못한 거 하나도 없다. 어디 가도 당당해라. 기죽지
마라."

이건 내가 보는 세상이지

세상은 나를 그렇게 보지 않았다.

교도소 감방보다 더 큰 감방이 사방에서 기다리고 있었다.

친구들도 학교도

만나는 사람마다 보이지 않는 벽을 치고 있었다.

공안 사범, 필름을 거쳐서 나를 보았다.

친구들과 이야기하다가도 그 편견의 벽들이 무서워졌다.

학교는 근처에 나타나는 것도 싫어했다.

어느 날

낯선 전화가 왔다.

사찰이 바뀌어 있었다.

안기부 계장, 영남대 법대 졸업, 빼빼 마른 체형

낡은 포니 승용차를 가지고 다녔다.

그가 집으로 오는 것은

그나 나나 불편한 것이었다.

그가 전화를 하면 시내에서 만났다.

경북대에 들어가는 날은 그가 용케 알고 찾아왔다.

승용차를 타고 나왔다.

그가 내 앞에 차를 세우면

나는 그 차를 탄다.

내가 그 차 안에 갇힌 것도 같고

내가 그의 차를 타고 편하게 가는 것도 같고

나는 어느새 갑갑한 편리함을 누린다.

차에 내려 그가 내 뒤를 따르면

친한 친구들도 손짓만 하고 그냥 스친다.

9.

1984년 복학을 했다.

비굴하게 했다.

반성문을 써라 하여

잘못한 게 없다고 썼다.

등록금을 한 번 더 내었다.

내가 한 것들이 정당성과 부당성의 모순된

유리알로 비쳐지고 있었다.

졸업을 했다.

대학원 시험을 쳤더니 떨어졌다.

전공 시험 열 문제를 다 썼는데

합격자 명단에 내 이름이 없었다.

생각지도 못한 것이었다.

그냥 갈까, 확인을 요구할까, 한참을 망설이다가

지도교수 연구실을 찾았다.

방문을 두드리고 연구실 문을 여니

교수님은 남쪽 창을 바라보며

고개를 돌리지 않으셨다.

첫 마디가

"자네 이제 그만 가게, 다시는 경북대에 오지 말게."

몹시 화난 목소리는 축축하게 젖어 있었다.

"자네 가고 싶은 곳에 어딜 가도 될 걸세. 마음대로 가게."

"……"

"볼 낯이 없네. 할 말이 없네. 이제 그만 가게."

젖은 목소리가 잠겨 물기가 떨어지고 있었다.

"……"

침묵만이 오랫동안 방 안을 가득 채웠다.

노교수님은 자신의 참담한 모습을

제자에게 보이고 싶지 않으신지

끝내 얼굴을 돌리지 않으셨다.

방문을 닫고 나올 때까지

남쪽 창을 바라보며 조금도 움직이지 않으셨다.

한참 뒤, 교육대학원 시험을 치고 면접을 보러 들어갔다가

사범대 교수에게서 들었다. 내가 떨어진 이유를

교육대학원은 입학사정 지침이 없었다고 하시면서

왜, 또 시험을 쳤느냐며 웃으셨다.

훗날 나는 들었다. 내가 떨어진 이유를

대학원 입학사정에서 대학원 학생과장 독문과 한석종 교수가

대학원은 공부하는 곳이지 운동하는 곳이 아니라고 했다는 것을.

   10.

1985년 재수생 학원인 대영학원에서 국어 선생이 필요하다기에

이력서를 넣었다.

북부서 정보과장이 하필이면 왜 운동권 출신을 쓰느냐고
한대서

국어 선생 채용, 보류 결정을 했단다.

1989년 대영학원에서 또 국어 선생 채용 광고를 내었다.

그것도 모르고 다시 이력서를 내었더니

똑같은 이유로 또다시, 채용 보류를 결정했다.

나는 그 이유를 몰랐다.

어느 날, 대학원 박사과정에 같이 다니던 선배한테서 그
이야기를 들었다.

다음부터 이력서를 낼 때 늘 경찰서 정보과가 생각났다.

박사과정 대학원에 다닐 때였다.

이것을 잘 아는 대학원을 같이 다니던 친구가

뭐 할라고 대학원에 다니느냐고 물었다.

심심해서

공부하는 척이라도 해본다고 했더니

자신은 교수가 되려고 다닌다고 했다.

대학원에 다니는 것이
유한계급의 사치는 아니지 않느냐고 힐난했다.

　11.

나는 이렇게
정보기관이 만든 블랙리스트 속에서
사회가 만든 블랙리스트 속에서
내가 만든 블랙리스트 속에서
내 젊은 날이 다 가도록
살았는지도 모른다.

1980년대라는 한 시대의 감옥 속에서
내 일생은 갇히어 있었는지도 모른다.

짐승의 시간

— 김근태 민주지사 영전에,
아름다운 연꽃 세상에서 부활하십시오.

우리들의 이 땅이 독재의 캄캄한 감옥에 갇혀 있을 때
당신은
그 어둠의 둑에 구멍을 내는
막아도 막아도
맨손으로 맞서 또 구멍을 내는
우직한 청년
오늘, 우리들이 누리는 이 민주주의의 작은 햇볕도
당신이 온몸으로 견뎌낸 짐승의 시간
그 굴욕의 상처가 밝힌 불이었습니다.

1985년 9월 4일 새벽 5시 30분
서울 서부경찰서 유치장을 나와, 남영동 치안본부 대공분
실에서
발가벗겨져 칠성판에 엎드리면
발목, 무릎, 허벅지, 배, 가슴 부위가 혁대로 묶여
발바닥이, 종아리가, 허벅지가, 엉덩이가 보리타작을 당
하면
살이 터져 피멍이 엉켜

육신은 진흙탕 뻘밭으로 망가져 갔습니다.
　─권력의 하수인이 개들을 향해서 : 그렇게 물어야지 창
자가 터지게

　물통 속에 머리 박고 의식을 잃어도
　다시 정신을 차리면
　'나'만은 지켜야지 이것이 인간에 대한 예의
　아직 인간이고 싶었습니다.
　─권력의 하수인이 개들을 향해서 : 더 세게 물어야지

　손가락에 전기선을 걸고
　온몸이 짜릿짜릿
　의식이 까마득 나락으로 떨어지는 순간
　아─ 이렇게 혼을 놓아버릴 수도
　다시 정신을 차리는 순간
　'나'를 지키고 싶었습니다.
　아직 인간이고 싶었습니다.
　─또 다른 당신은 개들을 향해 : 아, 죽고 싶다. 이제 표범
이 되어 숨통을 끊어다오.

―개들이 하는 말 : 장난으로 재미 삼아 해보았는걸.

또다시 스위치를 걸면
의식이 까무룩, 저승길이 보이고
검은 옷의 창백한 얼굴, 저승사자가 멀리 보인다.
아― 이렇게 죽을 수도
다시 정신을 차리는 순간
지금 이렇게 몸이 망가지는 이 현실도 고발하고 싶었습니
다.
발가벗고, 무릎 꿇고
살려주세요, 하라는 대로 하겠습니다.
그 순간, 너무도 긴긴 시간인 그 순간
당신은 저 깊은 곳에서 아름다운 혼이 무너지는 소리를
들었습니다.
이건, 인간이 아닌 벌레가 되는, 짐승의 시간입니다.
'나는 짐승이다'
자괴감이 온몸을 감싸옵니다.
―미친개가 하는 말 : 미친개에 물렸으니 미친개가 되겠
지.

─괴로워 마십시오, 그 세월이 짐승의 시간이었습니다.

아, 그래도 살아서
이 순간들을 증언해야……
그때부터 조서장에 이름을 쓰면서
시계를 보고 담당 경찰관의 이름을 보았습니다.
새로운 싸움을 위해
─미친개에 물려도 당신의 영혼은 다시 맑은 연꽃으로 피
어나고 있었습니다.

많은 짐승들은 보았습니다.
인간이 짐승이 되어서 보았습니다.
이제는 돌아갈 수 없구나, 인간으로
짐승이 되기까지 긴 여정의 고통, 생각만 해도 끔찍하구
나.
너무나 많은 인간들이 미친개가 되었습니다.
─미친개가 하는 말 : 너도 미친개가 되겠지

그러나 당신이 새로운 싸움을 시작하는 순간

짐승의 시간은 끝나고

연꽃의 시간으로 부활하고 있었습니다.

육신은 망가져 뻘밭에 빠져도

영혼은 맑은 향기로 피어나고 있었습니다.

─너무 괴로워 마십시오, 그 시대가 짐승의 시간이었습니

다.

이제 망가진 육신의 허물을 고이 내려놓았습니다.

진흙뻘에서 아름다운 향기의 연꽃이 피어납니다.

이 진흙탕의 세상이 당신의 맑은 영혼을 피웠습니다.

당신의 맑은 영혼이 진흙뻘에서 맑은 샘물을 흐르게 합니

다.

그대 맑은 영혼으로 먼 길을 훌훌 편안히 가십시오.

청초하고 맑은 연꽃으로 다시 피어나는 그 길을 가십시

오.

─삼가 고인의 명복을 빕니다.

제4부

폭풍의 시월 전야
— 1946년 시월항쟁에 부쳐

캄캄한 밤이다.

앞이 보이지 않는 밤이다.

그래도 걸어가야 한다.

어둠 너머

어둠이 저만치 펼쳐 있다.

눈을 감으면

피에 의한 또 다른 피가

강물처럼 흐른다.

그 강물을 건너가는 길은 보이지 않는다.

앞이 보이지 않아도 걸어야 하는 길이 있다.

길이 없어도 걸어가야 할 때가 있다.

죽음이

저 앞에 보여도 서 있어야 할 때가 있다.

운명처럼

그 길 위에 서 있어야 하는 사람들이 있다.

경산 코발트 광산 유해를 보고

글자로 쓰인 것들은 역사가 아니다.
힘센 사람들 눈치를 보며
제가 쓴 글들로 하여 밥줄이나 잡으려는
눈치 빠른 사람들이 서성이며 지나간 자리,
여기까지 말해도 괜찮을까
두 눈을 두리번거리며
적당히 손발 빠져나갈 자리를 찾아두고
끄적거리며 지나간 자리,
바로, 책에서 읽은 역사였다.

1945년 8월 15일 해방된 조국의 역사는
여기 이렇게 살아 있다.
수북이 광주리에 담아놓은
뼈 조각
이빨 몇 개
총알과 탄피
묶은 끈

어린아이의 갈비뼈

건장한 청년의 누런 정강이뼈
여자들의 엉치뼈
위에서 아래로 총알이 지나간 두개골
작은 두개골, 큰 두개골
황금 이빨, 백금 이빨, 삭은 이빨
권총알 카빈총알 기관총알

차마, 글자가 두려워 기록하지 못한
역사는 이렇게 살아 있다.
1945년 9월 7일
점령군이 도착하여
다음 날 점령군 포고령을 발표해도
한 사람, 두 사람, 세 사람……
제 말소리 당당하던 사람들이 총알 맞고 죽을 때에도
멀리서, 듣고 구경하며 괴로워했던 얼굴들
어, 어?, 어!
그들도 어느새 굴비처럼 엮여 총알받이 되었다고
여기 담겨 있는 뼈들은
말하고 있다. 이것이 바로 역사라고

해방은 조국을 피로 물들였다
— 대전 골령골 학살 현장을 다녀와서

1945년 8월 15일, 해방 그 후
1953년 6 · 25가 끝날 때까지
남한에서
100만이 넘는 사람들이 학살당했다고 한다.
남한의 인구가 2천만이었다면
남자가 절반
다시 아이들이 절반
그러면 5백만 중에서 백만이 넘는 숫자가
뭐? 뭐? 뭐?
뭐! 뭐! 뭐!

여기 골령골도
몇천을 죽였는지 몇만을 죽였는지
모른다고 한다.

두개골과 두개골
정강뼈와 정강뼈
갈비뼈와 갈비뼈
두개골과 엉치뼈

정강뼈와 갈비뼈
두개골과 정강뼈
서로 엉키고 엉키어 층층을 이루었다
그날의 모습이 뼈를 통해 보였다.

조금 떨어진
그 아래
웅크리고 무언가 꼭 감싸 안고 있는 유골 한 구
앞가슴에는
얼굴을 마주하고 안겨 있는 어린 유골 한 구

두개골 아래에 총알 하나
그 옆에 탄피 하나

누군가 선량한 살인마 있어서
아이 안은 엄마만은 이렇게 따로 죽였을까
엄마 품에 안긴 저 아이도 이념에 물들었을까

핏물이 흘러 골짜기를 물들였다는데

하루도 아니고 이틀도 아니고
많고 많은 날수 동안
사람의 피가 냇가에 흘렀다는데
조국의 해방은
왜 이런 핏물을 요구했을까

새로 온 점령군들에게
새 지배질서가 요구하는 것이 무엇이기에
조국의 산천을 이런 핏물로 물들였을까.

엄마에게 아이는
— 대전 골령골 학살 현장을 보고

엄마는 머리에 총 맞아 죽어도
아이는 꼭 안고 있었다.
조국의 분단도 전쟁도 이념도
별것 아닌 것.
엄마에게 아이는
구덩이 속에서 흙에 묻히는 순간에도
두 팔로 꼭 감싸고
머리는 숙여
가슴속에 묻고 싶은 것.

몸은 죽었어도
쏟아지는 흙 속에서
아이만은 품 속에서 지키고 싶었을까.
흙 한 덩이 아이의 얼굴에 묻을세라
두 팔로, 어깨로, 머리로
꼭 감싸 안고 있는 엄마의 유골.

역사는 기억하고 있다

1945년 8월 15일 일본군이 항복했다.

우리들의 나라를 만들려고

자치 경찰을 만들어 우리 힘으로 치안을 지키고

나라 세울 준비위원회를 만들어

우리 힘으로 나라 세울 준비를 했다.

1945년 8월 19일, 38선 북쪽에 소련군이 진주했다.

1945년 9월 6일

우리들의 나라를 세웠다.

1945년 9월 7일, 38선 남쪽에 미군이 진주했다.

해방군이 되어달라고 했지만

점령군이라고 했다. 점령군 포고령을 발표했다.

남한에서는 미군정 이외의 어떤 조직도 다 불법이라고

했다.

하나 된 민족국가를 세우려고 했지만 나누어져 점령당했

다.

우리말을 못 쓰게 했다.

우리글도 못 쓰게 했다.

입을 가진 벙어리

글을 가진 문맹이 되었다.

왜정 때 동족의 피를 갉아먹던 일제 관료들을 내세워

식량을 뺏고 민족을 나누어 이간질을 시켰다.

우리들 원주민은 말 못 하고 글 모르는 미개인 야만인이

되었다.

일본군이 물러나고

백성들이 사는 것이 나아질 줄 알았다.

왜정 말기 전쟁한다고 식량 공출이 심했다.

식민 지배, 수탈의 상징이었다.

미군정도 식량 공출을 한다.

벼 공출은 물론이고 왜정 때도 안 하던 보리 공출도 했다.

그리고 식량 배급을 한다.

아, 식량 공출은 식민지 수탈의 상징

백성들은 먹을 것이 없어 굶주렸다.

글 아는 사람 어찌 외면하고 앉았으며

피 끓는 젊은이 어찌 외면하고 굶고 있으랴

아, 먹을 것을 달라.

백성들이 살아야 미래의 나라도 있는 것.

호열자는 창궐하는데

굶주려 죽어가는 백성들을 가두어두고

길도 끊고 차편도 끊고.

1946년 10월 1일

먹을 것을 달라. 먹어야 산다.

우리들은 스스로 조직을 만들고

스스로 치안도 하면서

왜정 식민지의 상징이었다가

미군, 점령 정책의 상징이 된

그 사람들을 죽이고

우리 스스로 식량을 준비했다.

시간이 흘러 많은 사람들이 감옥으로 갔다.

1950년 6 · 25 전쟁이 터지자

이승만 통치에 방해되는 사람들인

보도연맹원들도

경찰들이 잡아들였다. 감옥으로 갔다.

그들을 트럭에 싣고 가창골로 상원동 대한중석으로 갔다.

트럭에 실려 가면서도

달도 하나 해도 하나 조국은 하나

포승줄에 묶여 총알 맞을 때에도

달도 하나 해도 하나 조국은 하나

분단되어 점령된 조국을 볼 수 없어, 차마

포승줄에 묶여서도

두 눈 부릅뜨고 우리 손으로 우리나라를 세우고 싶었다.

백비(白碑)를 세우며

사각 나무에 흰색을 칠하고
원혼비(冤魂碑) 세 글자를 쓰고
가창골 길가에
상원동 길가에
정성껏 세웠습니다.

1950년 6 · 25전쟁이 나고
가창골은 댐 아래위
모두가 학살터였습니다.
트럭에 실려와
구덩이를 파고
총살당하고 그 속에 묻혔습니다.
한 대도 아니고 두 대도 아니고
하루도 아니고 이틀도 아니고
차는 이어지고 날짜도 지나갔습니다.

대한중석 광산이 있던 상원리 계곡
1953년 6 · 25전쟁이 끝날 무렵
계곡을 따라 서로 마주 보게 사람들을 포승줄로 묶어두고
뒤에서 총질을 했습니다.

죽임을 당하던 사람들은
죽음 앞에 당당했습니다.
얼마나 많은 사람들이 그렇게
죽었는지 모릅니다.
골짜기에 시체가 쌓이고 쌓였습니다.
죽음을 확인한다고 여기에
기름을 붓고 불을 질렀습니다.
시체 더미에서 튀어나온 사람들이 있었습니다.
뭇 경찰들의 총알받이가 되었습니다.

대한중석 초소 경비를 섰던 한 젊은이가
맞은편 초소 위에서 이 모습을 보았습니다.
그 죽임에 충격을 받았습니다.
그 냄새에 진저리를 쳤습니다.
그리고 보름을 넘게 앓아누웠습니다.

65년도 더 지난 오늘 백비를 세우는 날
그는 노인이 되어 지팡이를 짚고
이 산 위에 올라와 그날의 참상을 증언해주었습니다.

가창골 위령제를 보며

부슬비 내리는 가창댐 수변공원

유족들이 모여

제물을 한 상 가득 차려놓았습니다.

몇십 년 동안 변변찮게 제사 한 번 차려주지 못했습니다.

돌아가신 날짜도 알 수 없었고

늘 가난에 쫓기고 형사들에게 쫓겨

제물 한 번 제대로 준비할 마음의 여유가 없었습니다.

그 미안한 마음으로 제물마다 정성을 다해

시장에서 가장 알차 보이고

가장 탐스러운 것들로 골라

제사상에 가득 차려놓았습니다.

눈물 섞인 추도사를 읽으며

지나간 역사를 반추하는

제사를 올립니다.

구천을 떠도는 혼령들이

지상에서 육신을 떠난 날들이 언제인지 몰라

우리 조상님들이 산소를 돌보던 그날

한식날을 잡아 제사를 올립니다.

가창댐 아래위가 모두

유골들이 무수히 묻혔던 곳

찾을 수 없는 육신의 흔적들은

다시 모실 수 없지만

어느 한 분이 아닌 모두의 무덤으로

위령탑 하나 이루고 싶습니다.

한식날 산소를 돌보던 그 마음으로

유족 한 분 한 분의 정성이 가득 담긴

그런 위령탑을 만들고 싶습니다.

1945년 8월 15일

일제의 사슬에서 벗어나

가장 먼저 우리가 해야 할 일들이

우리 손으로 우리의 나라를 세워야 했던 것이었습니다.

영령들의 그 정신이

오늘 가창골 수변 공원에서

피어오르는 물안개 속에서 수런거립니다.

영령들의 죽음이 헛되지 않게

오늘 우리가 가야 할 첫발이

자주 통일을 이루는 것입니다.

우리가 여기 세워야 할 위령탑이

다시 역사의 이정표가 될 것입니다.

역사의 한 굽이를 민족의 이정표로 살다 가신

그 영령들을 기리는 위령탑이 될 것입니다.

1946년 10월 그날 우리들은 세우고 싶었다

1945년 8월 15일 낮 12시
일본이 항복을 발표하는 순간
우리들은
길로 뛰어나와 태극기를 들었다.
집집마다 골목 앞에 가장 높은 장대를 세우고
가장 높게 태극기를 올렸다.
동회 마당에도
면사무소 마당에도
군청 마당에도
도청 마당에도
가장 높게 가장 커다랗게 태극기를 세웠다.
우리들의 가슴은 부풀어 올라 눈물이
주루루 흘렀다.

그리고 이십오 일 동안
스스로를 지키기 위해 젊은이를 모았다.
새 나라를 세우려고 내 말도 네 말도 마음껏 펼쳤다.
그러는 동안에도 태극기를 내리고 일장기가 올라가고

일장기를 내리고 태극기를 올리고
태극기를 내리고 일장기가 올라갔다.

1945년 9월 7일 환하게 밝은, 너무도 밝은 대낮
미군들이 들어왔다.
9월 8일 그들은 해방군이 아니라 점령군이라고 했다.
조선총독부 건물에 일장기를 내리고 성조기를 올렸다.
도청 마당에도 군청 마당에도
차례대로 일장기를 내리고 성조기가 올랐다.
면사무소 마당에도 동회 마당에도 태극기를 내리고
성조기가 올랐다.
마당 앞에 서서 먼 하늘을 바라보며
너무나 슬퍼서 가슴속 눈물이
펑펑펑 쏟아졌다.
그러나
그러나
우리들은 마음속 태극기는 내릴 수 없었다.

1946년 10월 1일

그날 우리들은

우리들의 손으로

우리들의 국기를 다시 장대 위에 올리고 싶었다.

그리고 마음껏 독립 만세를 외치고

우리들을 위한 우리들의 나라를 세우고 싶었다.

화가 이광달 씨의 어느 날

사흘 동안 밥을 굶은 적이 있었지
아버지를 찾아 수사관이 집으로 오던 날
잡혀가 조서를
쓰고, 또 쓰고, 또 쓰고 하는 것
보다는
도망가서 잡히지 않는 것

집을 떠나 빈집 툇마루 밑에 숨은 적이 있었지
벼룩과 빈대에게 온몸을 맡기고
있었지
하루 동안 뱃속에서 꼬르륵 소리가 났었지
배고픔은 참을 수 없는 온몸의 반응
다음 날은 마루 밑을 지나는 쥐라도 잡아먹고 싶었지
사흘째 되는 날
머리는 맑아지고 온몸의 힘이 빠져
위험을 감내하며
마루 밑을 나와 주위를 두리번거렸지
한 집에 들어가

무쇠솥을 열어보니 밥 몇 그릇과 누룽밥이 보였지

누군가를 위해 잘 담겨진 밥그릇

그 누군가에게 미안해

누룽밥만 훔쳐 먹은 적이 있었지.

눌은 밥알 한 톨이 성스러워 보인 적이 있었지.

온몸에 피로가 몰려서

눈꺼풀이 내려오고

팔다리의 힘이 풀리며

아늑한 잠을 누렸지

온몸의 평화를 누렸지.

눌은 밥알 몇 톨로 온 세상의 평화를 누렸지.

* 이광달 씨의 아버지 이원식 씨는 민간인학살유족회 회장이라서 사
  형선고를 받았다.

아일란 쿠르디*

세 살 난 너는
얼굴은 반쯤 모래에 파묻혀
찬 바닷물에 젖어 있었다.
다섯 살 난 형도, 엄마도
삼킨 바다.

전쟁을 피해
살기 위해 고향 땅을 떠났지만
너, 작은 몸뚱이 하나 받아줄 곳은
땅 위 어디에도 없었다.
작은 배는 사람들을 주렁주렁 싣고
바다를 오가다가
뒤집혀졌다.

빨간 셔츠, 청바지를 입고
운동화를 신고
바닷가로 밀려 나와
바닷물이 추워설까

두 손을 바지 주머니에 넣으려다

엉거주춤.

땅 위 사람들의 마음이 추워설까

바닷물이

엄마의 젖가슴처럼 따뜻해

그만 얼굴을 묻었을까.

한적한 바닷가

아늑한 모습으로

차가운 바닷물에 너는 얼굴을 묻었네.

* 아일란 쿠르디 : 시리아 난민, 2015년 9월 2일 터키 휴양지인 보드
  럼 해변에서 빨간 티셔츠와 청색 반바지를 입고 숨진 채 발견되었
  다.

장작불

— 시월문학회 회원들에게

잘 마른 장작도
동가리 혼자서는
큰 방 하나 덥힐 힘이 없다.

내가 불타 너를 태우고
네가 불타 나를 뜨겁게 태우면
어우러져 활활 타는 장작불이 된다.
나로 하여 너는 더 타오르고
너로 하여 내가 더 타오르면
무쇠 덩이도 녹일 수 있는
맹렬한 불꽃이 된다.
온 세상을 녹이는
용광로가 된다.

기록, 그리고 외로움

신재기

1. 기록

정대호 시인은 '시인의 말'에서 "이번 시집은 한 시대의 이야기들을 문자로 기록해둔다는 것에 의미를 두고 싶었다."라고 했다. 그리고 "한 시대의 기록"이기에 "거칠고 투박한 표현"도 크게 신경 쓰지 않고 그대로 두었다고 한다. '시대의 기록'이란 점을 앞세운다. '기록'에 무게를 두다 보니 언어 표현에는 소홀할 수밖에 없었다는 점도 덧붙인다. 이는 독자에게 이 시집을 시적 표현보다는 기록이란 점에 무게를 두고 읽어달라는 부탁이 아니겠는가.

시인의 이 발언은 시집 전체 중에서, 특히 2부와 3부에 수록된 시편을 염두에 둔 것이다. 물론 4부의 시편도 무관하지 않다. 모두 기록성 강한 작품을 하나의 묶음으로 모아놓고 있다. 2부에서 시인은 다른 인물의 경험을 관찰자로서 기록한다면, 3부에서 시인은 기록자이면서 경험의 주체다. 즉 2부가 3인칭 시점이라면 3부는 1인칭 시점이다. 2부의 기록이 시인의 이성에 의해 구성되었다면, 3부의 기록은 시적 화자의 즉물적 경험에 바탕을 두었다. 3부의 시편이 독자에게 더욱더 생생한 이미지로 다가오는 이유도 여기에 있다. 3부는 시인이 학부 시절 민주화운동에 참여하면서 겪었던 경험을 기록한 시편이다. 자신의 이야기이기에 증언에 가깝다고 할 수 있다.

'기록'은 일어난 사건과 있었던 사실, 즉 정보를 가능한 한 정확하게 문자로 고정해 소통하고 보관하는 것이다. 그런데 시가 이런 기록에 적합한 양식이 아니라는 점은 자명하다. 한 시대에 일어난 일을 기록하는 데에는 글의 형식으로서는 산문이, 기술 방식으로서는 역사가 훨씬 효율적이다. 이런 점에서 정대호 시인의 '기록'이란 언급은 사전적 개념보다는 은유적 개념으로 이해해야 한다.

기억하려는 의도에서 출발하는 것이 기록이다. 인간은 모든 경험을 기억의 그릇에 담아 보관할 수 없다. 인간 뇌의 정보 저장 능력에는 한계가 있기 때문이다. 대부분의 체험을 망각한다. 그 일부를 기억한다고 하더라도 사실에 관한 정확도가 떨어진다. 개인의 주관적 기억은 언제나 현재 시점에서 과거를 소환하는 형식으로 작동하므로 원석의 경험이 변질될 가능성은 상존한다. 망각과 기억의 왜곡으로부터 원래 경험을 보관하려는 것이 기록의 출발선이다. 데리다는 아카이브즈(archives)란 말에서 "원래의, 최초의, 주요한, 원시적인, 짧게 말해 시작"(랜달 C. 지머슨, 『기록의 힘』, 196쪽)이란 의미를 발견할 수 있다고 했다. 이처럼 기록의 중요한 의의는 변질하지 않는 원래의 진실을 보존하는 데 있다.

과거의 일을 기록하고 기억하는 것은 단지 그때 있었던 사실을 정확하게 밝혀두자는 것만이 아님은 더 말할 필요도 없다. 사실 기록에서 출발하는 역사도 그 기술 과정에는 기술하는 사람의 역사관이나 의미 해석이 섞이기 마련이다. 하물며 문학인 시가 기록에 의의를 두었다고 해서 그 초점이 '사실'을 붙잡는 데만 맞춰졌을 리 없다. 여기서 중요한 대목은 바로 시인이 기록하는 대상과 그 태도일 것이다.

시집 3부의 기록을 따라가보자. 시인은 1977년에 경북대학교에 입학한다. 당시 교내 문학 동아리였던 '복현문우회'에 회원으로 활동하면서 유신 말기 학생민주화운동에 참여하게 된다. 1980년 9월 경찰에 체포되어 화원교도소에서 복역하다가 그해 12월에 군사법정에서 '계엄포고령 위반'으로 1년 형에 집행유예 2년 선고를 받는다. 1984년 복학하고 학부 졸업 후 대학원에서 한국 현대문학을 전공한다. 대학원 입학시험, 사회 입문 과정에서 이러한 학생운동 이력은 사사건건 발목을 잡는다. 박근혜 정부 때에는 예술계 블랙리스트에 오르기까지 했다. 시인은 자기 삶을 정보기관과 사회와 자기 자신이 만든 블랙리스트 속에서 "젊은 날이 다 가도록" 살았다고 회고한다. 60대에 들어선 시인은 "1980년대라는 한 시대의 감옥 속에서/내 일생은 갇히어 있었는지 모른다."(「내 인생은 블랙리스트였다」)라는 지금까지 살아온 인생 결산서를 내민다. 이 결산서를 새삼 독자에게 보여주는 의도는 무엇일까.

1980년대 초 학생운동에 참여했던 시인의 경험은 일반화되기 이전에 개인만의 특수한 것이다. 이는 정치노선이나 역사의식이란 추상적 관념으로 규정할 수 없는 한 개인의 구체적인 경험이다. 개인의 구체적 경험은 시의 언어로 기록됨으로써 역사적 기억으로서 공적 의미를 획득한다. 하지만 모두 성공하는 것은 아니다. 화염 속에 갇혀 생명이 위태로운 지경에 빠진 순간에 그 특수한 경험을 글로 쓸 수 없다. 불구덩이에서 벗어나서 얼마의 시간이 지난 후에 화재가 왜 일어났으며 그 경험이 자신의 의식과 삶에 어떤 영향을 주었는지를 성찰할 수 있는 지점에 이르렀을 때 기록이 가능하고, 그 기록을 통해 사실을 뛰어넘는 어떤 의미를 얻을 수 있다. 실제 경험 가까이 있을 때는 현장 목격자로서 생생함을 드러낼 수는 있을지 모르지만, 가까이 있으면 과잉 감정이 선행되어 실제의 진실이 약화하기 쉽다. '이제야 말할 수 있다'까지 이르는 시간 동안 개인의 경험이 곰삭았을 때 더욱 진가가 드러나기 마련이다. 40년의 세월이 흘렀다. 그때를 소환하여 그 의미를 되새겨볼 만한 충분한 시간적 거리가 확보되었다.

지금의 시인은 학생운동에 참여한 20대 초반의 대학생이 아니다. 그 당시의 이력은 훈장처럼 달고 다니며 자랑할 만한 것도 아니며, 그렇다고 그것이 혈기 넘치는 젊은이의 한때 객기로 치부할 수 있는 것은 더더욱 아니다. 중요한 것은 시인 자신이 이 경험에 부여하는 의미이다. 충분한 여과의 시간을 통해 걸러진 의미를 결산하고 싶었을 것이다.

우선 시인은 당시 시대 현실을 다음과 같이 기록한다.

우리들의 이 땅이 독재의 캄캄한 감옥에 갇혀 있을 때
당신은

그 어둠의 둑에 구멍을 내는
막아도 막아도
맨손으로 맞서 또 구멍을 내는
우직한 청년
오늘, 우리들이 누리는 이 민주주의의 작은 햇볕도
당신이 온몸으로 견뎌낸 짐승의 시간
그 굴욕의 상처가 밝힌 불이었습니다.

1985년 9월 4일 새벽 5시 30분
서울 서부경찰서 유치장을 나와, 남영동 치안본부 대공분실
에서
발가벗겨져 칠성판에 엎드리면
발목, 무릎, 허벅지, 배, 가슴 부위가 혁대로 묶여
발바닥이, 종아리가, 허벅지가, 엉덩이가 보리타작을 당하
면
살이 터져 피멍이 엉켜
육신은 진흙탕 뻘밭으로 망가져 갔습니다.
─권력의 하수인이 개들을 향해서 : 그렇게 물어야지 창자
가 터지게

　　　　　　　　　　　　　　　─「짐승의 시간」 부분

'김근태 민주지사 영전에, 아름다운 연꽃 세상에서 부활하십시
오'라는 부제가 붙은 시편이다. 1980년대 민주화를 위해 독재 정
권에 맞서 투쟁했던 김근태 민주 지사의 영전(2011년 12월 사망)에
바치는 시다. 당시 민주화운동을 탄압했던 국가 권력의 폭력성과
야만성을 생생하게 구체화하고 있다. 이 시대를 두고 시인은 '짐

승의 시간'이라고 말한다. 국가의 의무는 모든 국민이 인간답게 살 수 있도록 보호해주는 것이다. 인간다운 삶은 인간이면 누구나 자기의 주인이 되고 자기를 바로 세우는 자유가 보장될 때 이루어진다. 그 자유는 우선 몸의 자유에서 출발한다. 몸의 자유 없이는 인권도 존엄성도 없다. 누구도 타인의 몸을 함부로 하고 훼손할 수 없다. 국가 권력이 국민의 몸의 자유를 빼앗는다면 그것은 짐승과 다를 바 없다. 민주주의를 위한 투쟁의 궁극적인 목적도 몸의 존엄성을 지키는 데 있다. 국민의 몸을 짐승처럼 다루었다면, 그 국가는 국가가 아니다. 당시는 국가권력이 국민의 생명과 안전을 지키기 위해서가 아니라 소수 권력자를 위해 행사되던 시대였다. 이 캄캄한 짐승의 시간이 가하는 육신의 파괴와 정신적 굴욕을 견디며 민주주의를 향한 작은 희망의 불씨를 지키는 일은 역사적 의미를 지닌다. 하지만 시인은 이를 역사적 영웅으로 추앙하는 상투적이고 성급한 태도를 보이지 않는다. 오히려 추상적 의미로 평가하기 이전에 연꽃처럼 맑고 아름다운 한 개인의 영혼을 만난다.

시집 3부에서 작품 「짐승의 시간」만이 다른 사람에 관한 이야기이고 나머지는 시인 자신의 이야기이다. 자신에 관한 이야기에서는 오직 사실만 기술할 뿐 의미 해석이나 평가를 극도로 아낀다. 3부 끝에 수록된 이 작품에서만 시인은 '짐승의 시간'이니 '맑은 영혼' 등의 평가적 진술을 허용한다. 이런 점에서 시인은 자신의 민주화운동에 대한 의미와 의의를 직접 말하지 않고 다른 사람(김근태)의 민주화운동을 통해 간접적으로 말하는 셈이다. 즉 김근태의 경험이 시인의 경험으로 환치되고 있다.

'짐승의 시간'이라는 시적 인식은 당시의 물리적 상황을 말 그대로 기록한 것이라면, 이 기록의 궁극적 의의는 무엇인가. 의외로 시인의 시선은 자기 내부로 향한다. 그의 시는 단순한 사실 증언으로 끝나지 않고 자기성찰과 고백으로 확대한다. 그럼으로써 한층 더 진중함과 무게감을 얻는다.

> 이른 새벽
> 그 깜깜한 방을 나서는 순간
> 내가 생각했던 '나'는 거기에 없었다.
> 잠깐 어두운 침묵이 그 방의 문을 바라보고 있었다.
> 내 얼굴을 보니
> '나'가 아니다
> '나' 모습을 한 껍데기가 그 방 안에 앉아 있었다.
> '나' 얼굴의 그림자를 하고 앉아 있었다.
> 캄캄한 그 문을 나서는 추레한 내 모습을
> 뒤에서 물끄러미 보니
> 그것은 '나'가 아니다.
> 머리도 없고 생각도 없는
> '나' 형상의 텅 빈 허수아비.
>
> 그런 내가 너무 부끄러웠다.
> 맑은 바람 앞에서 부끄럽고
> 밝은 아침 해 앞에서 부끄럽다.
> 나는 고개를 들 수가 없었다.
>
> ―「고문」 부분

시인이 왜 지금 40년 전의 민주화운동에 참여했던 자신의 경험을 소환하여 기록의 장을 펼치는지 짐작이 가는 대목이다. 고문에 못 이겨 형사가 내미는 조서에 무조건 손도장을 찍고 감옥에서 풀려난다. 세상을 마주했을 때 그의 앞에 가장 먼저 다가온 것은 부끄러움이었다. 물론 논리적으로 이는 그때 당시의 부끄러움이었다. 하지만 그것은 과거의 기억을 소환하는 현시점의 부끄러움일 수도 있다. 어느 것이든 상관없다. 그때나 지금이나 그 부끄러움이 지속되고 있다는 점이 중요하다. 세상의 부조리와 맞서 몸을 던지는 투쟁의 저력은 확고한 이념이나 불굴의 용기에서만 나오는 것이 아니다. 자신의 결핍과 부족에 대해 진정한 부끄러움이 싸움을 이어가는 원동력이다. 자기 자신을 들여다보지 못하는 사람에게는 부끄러움이 없다. 부끄러움은 겉으로 드러난 행동과 언어에 대한 책임 의식이다. 부끄러움을 모르면 자기를 과시하고 허영에 빠지고 만다. 40년 전 경험을 소환하는 지금의 언어가 신뢰감을 주는 이유는 바로 그것이 부끄러움에 바탕을 두고 있기 때문이다.

이 시집에 수록된 시편을 읽으면서 어떤 평자는 '산문적 서술'을 지목하여 시적 완성도가 떨어진다고 평가할 수도 있다. 일반적으로 시가 즐겨 채용하는 압축된 표현, 기발하고 현란한 비유와 수사, 모호성을 위한 의도적 은폐 등은 정대호 시의 주된 흐름이 아니기 때문이다. '시적 산문성'이 두드러진다. 노벨 문학상을 받은 알렉시예비치는 『전쟁은 여자의 얼굴을 하지 않는다』에서 "그들의 울음과 비명을 극화해서는 안 된다는 걸 잘 안다. 그러지 않으면 그들의 울음과 비명이 아닌, 극화 자체가 더 중요해

질 테니까. 삶 대신 문학이 그 자리를 차지해버릴 테니까."라고 했다. 이 발언의 의미는 정대호의 시에 그대로 적용된다. '문학' 혹은 '시'라는 일반적인 문법도 중요하다. 하지만 그것이 역사적 사실에 관한 기록이란 책무를 깃발로 내세웠다면, 기록하는 대상의 진실을 우선하는 것이 합당한 방법이 아니겠는가? 문학적인 장치나 시적 수사가 역사적 진실을 그 위에서 제어해서는 곤란하다. 정대호의 많은 시는 시 이전에 기록으로 읽을 필요가 있다는 말이다.

'짐승의 시간'은 우리의 고통스럽고 부끄러운 역사이다. 기억하지 않으면 그 역사적 진실은 묻히고 만다. 역사적 진실에 다가가는 것은 과거의 과오를 들춰내어 응징하는 데 목적이 있는 것이 아니다. 기억을 통해 오늘을 함께 살아가는 사람들이 변화하고 새로운 미래를 설계하는 동력을 얻는 것이 중요하다.

2. 외로움

정대호의 시적 시선은 여섯 번째 시집을 펴내는 동안 사회 현실에 대한 관심에서 멀어진 적이 없다. 그가 사회 변두리에서 살아가는 약자에게 관심을 보이고, 문명과 권력의 폭력성을 비판적으로 담아내는 시인이란 점에 누구도 토를 달지 않는다. 그의 시에는 사회 참여나 정치적 성향이 뚜렷하게 드러난다. 하지만 그의 시세계 한편에는 한국시의 전통적 서정성이 자리 잡고 있다. 아직 본격적인 산업사회로 접어들기 이전 농경사회의 전통적 정서가 면면히 흐른다. 주제나 소재가 고향(정대호 시인의 고향은 경북 청송이다)과 연관성을 지니는 시편이 주로 이에 해당한다.

고향에는 아름답고 순수한 자연이 있고, 가난하지만 따뜻한 마음을 가진 이웃이 있다. 그에게서 '고향'은 경쟁을 부추기는 사회 제도, 물질적 이익을 얻기 위한 속임수와 폭력, 정부 권력과 자본의 부조리, 경제적 불평등이나 양극화, 과학주의 문명의 비인간성 등이 부재한 공간이다. 현대 사회가 회복해야 할 대안의 공간이기도 하다. 시간상으로는 시인이 고향 산천을 누비며 자유롭게 뛰어놀았던, 이기적 욕망이 아직 싹트지 않은 유년기의 시공간이다. 시인에게 그것은 회복해야 할 유토피아이고 그리움의 원천이다. 어쩌면 제도, 통제, 정치와 결별한 아나키즘의 세계일 수도 있다.

이번 시집 구성에서 시인이 겉으로는 '기록'을 강조하면서 해당 작품은 뒤로 돌리고, 시집 앞부분인 1부에서는 전통적 서정시를 배치했다. 물론 시집 구성에서 배치의 전후가 어떤 특별한 의미를 지니는 것은 아니다. 시인이 특별한 의도를 두고 그렇게 했다는 증거는 어디에도 없다. 그런데도 시집 전체를 읽는 독자의 관점에서는 시집 첫머리에 수록된 작품의 무게가 절대 가볍지 않다는 점을 직관할 수 있다. 자신의 시를 경향성이란 측면에서만 읽지 말라는 시인의 권고가 숨어 있는 듯하다. 그 권고를 따라가보면 외로움과 그리움이란 정서를 만나게 된다. 이는 정대호 시세계의 큰 맥을 이루는 정치적 경향성과는 다른 세계다.

정대호 시에서 외로움은 어떤 것인가? 그것이 일반 서정시의 평균적 정서에 불과하다면 굳이 따로 주목할 필요가 없다. 세상과 맞서 당당함을 굽히지 않았던 그의 시적 언어가 이유 없이 외로움이라는 비교적 흔한 정서를 담아내지 않았을 것이다. 비평도 상상이고 창작이라는 변명을 앞세워 그의 시에 나타나는 외로움과 그리움을 재구성해본다.

> 가만히 개울가에 앉아 맑은 물을 보면서 문득 돌아보니 나만 그 공간에서 낯설다. 물도 꽃들도 바람도 모두 자신의 위치에서 현재 모습으로 만족해 있었다. 더도 덜도 아닌 지금 있는 곳에 스스로 만족하여 서 있었다. 나만 내일을 위해 이것저것 뜯는다. 숲이 우거져 산나물이 없으면 다래 덩굴이라도 찾아가 다래 순이라도 뜯는다. 내일 먹기 위해 등가방에도 손에 든 자루에도 나물을 담는다. 아아, 나의 외로움은 여기서부터 시작되었는지도 모른다.
>
> ─「산나물을 하러 갔다가」 부분

자연은 현재 제 위치에서 자기 스스로 만족하며 존재한다. 하지만 그 자연 속에 있는 시인은 자기 자신이 자연에 섞이지 못하고 낯설게 느껴진다. 그 가운데 있으면서도 하나가 되지 못하고 이방인으로 분리된 자신을 발견한다. 왜 그런가? 내일을 위해, 그리고 먹고살기 위해 이것저것 가리지 않고 취하고 그것을 또 가방이나 자루에 담는 자신이 자연과는 너무 대조적이다. 물론 그것은 생존을 위한 기본 욕구이기에 어쩔 수 없다. 그러나 인간은 여기서 끝나지 않는다. 새로운 욕망을 만들고 그것을 채우기 위해 무엇인가를 또 갈구한다. 시인은 이것이 바로 외로움의 근원이라고 생각한다.

깊은 열망에 빠져 옆도 돌아보지 않으면, 자신이 어떤 위치에 있는지 모르면 외로움이나 고독을 느낄 겨를이 없다. 그렇다면 인간은 왜 욕망 때문에 외로운가? 외로움은 홀로 된 상태를 뜻한다. '홀로 있음'의 요인은 사회적 지지의 결여나 관계 단절과 같이 객관적일 수도 있으나 대개는 주관적 경험에 바탕을 두고 있다. 즉 타자로부터 분리되어 있다는 의식에서 외로움이 생겨난다. 위의 시에서 시인은 자신의 외로움은 만족과 충만으로 존재하는 자연과는 달리 만족하지 못하고 늘 갈망하고 욕망하는 존재라는 점에서 비롯되었다고 한다. 이는 자연과의 거리에서 오는 존재론적 외로움이라고 할 수 있다. 특정한 상황에서 시작되거나 일시적으로 생기는 외로움이 아니라 인간 존재의 본질적인 외로움이다. 인간은 욕망하고 갈망하지만 그것을 채울 수 없기에 욕망하는 존재로부터 벗어날 수 없다. 외로움은 인간의 굴레와 같은 것이 아니겠는가.

이러한 의미의 외로움은 「산꽃」이란 시에서도 잘 드러난다. 산에서 피는 꽃은 그냥 피어 있어 아름답다. 아름다워지려고 꾸미거나 아름답게 봐달라고 거추장스럽게 자신을 드러내려고도 하지 않는다. "그들은 단지 개울과 숲속에서 자신의 위치에 서 있을 뿐이다. 굳이 이름을 달아놓을 필요도 없다. 모르면 모르는 대로 좋다. 그냥 산에 살아서 산꽃이다." 존재 자체가 아름다움이고 완성이다. 외로움이 틈입할 균열이 없는 자족적인 존재가 자연이다. 이런 자연과 비교하여 인간은 어떠한가. 인간은 가득 채우려고, 많이 가지려고, 아름다워지려고, 남에게 잘 보이려고 애쓴다. 하지만 욕망한 대로 이루어지지 않는다. 욕망이 확대할수록 자족과 완성에서 멀어진다. 이처럼 이 시집 제1부에서 나타나는 시적 자아의 외로움은 분열된 미완의 존재로서 인간에 내재하는 존재론적 외로움이다.

자연의 완전함에 도달할 수 없는 인간의 본원적 외로움과 소외에 대한 시적 수용은 일찍이 김소월의 「산유화」에서도 확인할 수 있듯이 새롭거나 특별한 방법은 아니다. 자연의 영원함이나 꾸밈없는 완벽함과 비교하여 인간의 한계를 드러내려는 시적 수사는 상투적이다. 여섯 번째 시집을 출간하기까지 정대호 시인은 부조리한 사회현실에 맞서 저항의 실천적 언어를 뚝심 있게 견지해왔다. 그런데 뜬금없이 외로움이란 인간 보편적 정서를 내밀고 있다. 지금까지 보여주었던 언어의 결기가 무너지고 말았단 말인가. 바로 이 지점에서 메타적 해석으로서 비평의 역할이 요청된다. 당당하게 세상에 맞서왔던 시인의 결기 넘치는 실천적 언어, 외로움이란 인간의 보편적 정서를 향하는 서정적 언어 이 둘은 하나로 연결되어 있다. 이것이 정대호 시가 보여주는 입체적 미학이다. 치열한 갈등과 긴장의 언어 뒤에는 늘 진정과 화해의 힘이 버티고 있다. 구체적 상황이 드러내는 특수한 문제를 인간의 보편적 성정에 바탕을 두고 바라본다는 말이다.

저 물속에다 눈웃음 한 번 담고 싶어라
물방울이 촐랑 떨어지면
둥근 원을 그리며
너울거려보는
한없이 헤엄쳐보아도

늘 그 자리에 서 있는
그 넉넉한 마음 한 자락 배우고 싶어라.

저 맑은 물속에서 그대를 보고 싶어라
속이 환히 보이는
눈망울을 하고서
가슴의 두 팔을 뻗어
그냥 안고 싶어라.

— 「가을 시냇가를 걷다가」 부분

화자는 넉넉하고 투명하고 자유로운 가을 시냇물을 동경의 시선으로 바라본다. 흐르는 시냇물이 드러내는 그런 표정으로, 그런 마음으로, 그런 모습으로 살고 싶다는 것이다. 그렇게 살고 싶다는 것은 그렇지 못하다는 화자의 현실에 대한 인식이 전제되어 있다. 정대호 시인은 제3부에서 1980년대 민주화운동에 참여했던 자기 경험을 기록하면서 정부 권력의 폭력성이 난무했던 당시를 '짐승의 시간'이라고 규정했다. 그런데 가해자를 짐승으로 몰고 가면 피해자인 주체는 모든 책임으로부터 면죄부를 받는 것은 아니다. 40년이란 세월이 흐른 시점에서 그 시간을 소환하는 지점에는 '짐승'과 같은 폭력도 있었지만, 자신의 부끄러움도 곳곳에 배어 있음을 확인한다. 그래서 그의 시가 기록을 통해 분노와 비판의 역사의식을 고취하려는 의도도 있으나 무엇보다 중요한 것은 자기반성을 통해 통렬한 자기비판이 더 크게 작동했는지도 모른다. '부끄러움'이란 시어에서 이 모든 것이 함축되어 있다. 자기반성과 성찰은 자기를 냉철하게 되돌아보는 시간이다. 거기에는 미숙하고 텅 빈 자아가 덩그렇게 자리하고 있다. 수없이 많은 언어를 쏟아부었으나 여전히 그 자리는 채워지지 않았다. 그것이 바로 시인에게 엄습한 외로움이다. 그것을 외롭다 직설하면 어린 양이 되고 말 일이니, 자연이란 존재를 끌어들인 것이 아니겠는가?

마음이 허전한 날은
바닷가를 서성거려볼 일이다.

바람은 왜 이리도 텅 비어 있을까.
파도 소리는 왜 외롭다고 말할까.
아직 걸어야 할 길은 어디에 있을까.

그리고 오래 침묵으로 서 있어볼 일이다.

저 해는 마지막 불을 태우며
서산에서 서성거리고 있구나.
저 붉은 마음도
시간이 지나면 검은 밤이 찾아오겠지.

서쪽 하늘에 불타는
해를 바라보며
아직 내가
누군가에게
약속할 일이 남아 있을까.

조금은 생각해볼 일이다.

—「황혼의 바닷가」 전문

이 시집은 이 한 편을 수록한 것만으로도 충만하다고 하겠다. 시인은 지금 '황혼의 바닷가'에 위치하고 있다. 이 위치는 60년 넘게 살아온 시인의 지금 자리이다. 마지막 붉음을 태우는 황혼 무렵, 허전한 마음을 달래려고 바닷가를 서성인다. 그때 강하게 전해왔던 메시지는 "아직 내가/누군가에게/약속할 일이 남아 있을까"이다. 열망했던 삶과 꿈, 사회 정의를 위해 몸을 던져 투쟁했던 용기, 가난한 사람을 향한 연민, 사회의 부조리를 향한 분노, 자신을 성찰하는 윤리적인 태도 등 그것이 무엇이든 아직도 타자에게 어떤 영향을 줄 수 있는 실천과 언어가 남아 있을까라고 자문한다. 시인으로서 지식인으로서 운동가로서 열정이 아직도 자신에게 남아 있는가를 되돌아본다. 일말의 회의가 일어나기도 한다. 이를 두고 단순히 패배니, 무력함이니 하는 해석은 기계적이다. 많은 것이 변했다. 용기와 자신감도 크게 줄어들었다. 이를 은폐하지 않는 시인의 진솔한 태도가 공감으로 다가온다. 여기에 한탄이나 비애와 같은 날것의 감정이 절제되어 있어 시적 품격이 극대화한다.

정대호의 서정시에서 외로움과 부끄러움은 하나로 연결되어 있다. 둘 다 자아 성찰에서 출발하여 자기 고백으로 이어진다. 일종의 고해성사와 같은 것이다. 그것은 보통의 수동적 정념을 넘어서서 인간 존재의 본질을 지향하며, 세상과 불화를 감수하면서까지 진실을 붙잡으려는 윤리적 태도이기도 하다. 그에게 있어 이런 태도는 단순히 시적 포즈로 끝나는 것이 아니라 삶의 실천을 전제하는 가치이다.

3. 문학은 무엇을 할 수 있는가

정대호 시인은 나의 경북대학교 국어국문학과 3년 후배이다. 언제 처음 만나 알고 지냈는지는 정확하게 기억나지 않는다. 아마 1990년대에 들어와 그가 박사학위 논문을 쓸 무렵이었을 것이다. 3년 후배이지만 학부 때에는 만나지 못했다. 계열모집으로 입학해 그가 국문학과 2학년에 들어왔을 때 나는 대학원 과정에 있었다. 지금에 이르기까지 가깝게 지내지는 않았지만 동문으로서 혹은 문학 활동을 하는 동료 문인으로서 간간히 전화 통화도 하는 그런 관계로 지내왔다. 내가 잡지『사람의 문학』편집위원으로 참가하면서 맺었던 인연이 그중 가깝게 지냈던 시간이었다. 어쩌다 기회가 되어 이렇게 그의 여섯 번째 시집에 발문을 쓰게 되었다. 그런데 수록 작품을 읽다가 아래 대목에 이르러 이 글을 끝까지 사양하지 못한 점을 크게 후회했다.

> 그날 12시 무렵 인문관 앞 솔숲 긴 의자에 앉아 있었다.
> 시계탑 쪽이 술렁거렸다.
> 최루탄 차가 후문에서 달려왔다.
> 학생들의 저항이 격렬했다.
> 보도블록이 깨어졌다.

최루탄 차가 돌에 맞았다.

학생들이 그 차를 뒤집어버렸다.

학생들이 후문으로 몰려갔다.

쇠로 된 후문이 잠겼다.

「1978년 11월 7일」이란 시편의 첫 부분이다. 이날은 대학 예비고사 시험이 있던 날이었다. 나는 당시 야간 고등학교 교사로 근무한 관계로 이날 시험 감독관으로 참여했다. 감독을 마치고 자주 들렀던 캠퍼스 내에 있는 민가(우리 학과의 선후배 몇몇 학생이 기식하거나 하숙하던 집)에 와서 이날 있었던 학생 데모에 관해 갑론을박 이야기를 나누었다. 그러다가 학교가 봉쇄당하는 바람에 하숙집으로 가지 못하고 갇혀버렸다. 예비고사 감독관 명찰을 경찰에게 보여주고 겨우 풀려날 수 있었다. 이 시를 읽는 순간 그때 나는 어떻게 그 시대를 살았으며 무슨 생각을 했는지가 어렴풋하게 떠올랐다. 순간 비겁함과 부끄러움이 스쳐갔다. 40년 전의 젊은 20대의 '나'는 초라하기 그지없었다.

1980년대와 달리 1970년대 유신 시절에 학생운동에 참여하는 일은 거의 불가능에 가까웠다. 물리적인 환경뿐만 아니라 교육된 이데올로기의 견고함은 민주주의의 가치에 대한 사유 자체조차 마비시켰다. 당시 우리의 문학 공부 마당에는 미적 자율성이 문학의 본질이라는 논리와 믿음이 전부였다. 정치와 사회 참여는 문학의 배반이었다. 신비평과 구조주의에 깊이 빠졌고, 김춘수의 무의미시론은 우리에게 다가온 최첨단의 시론이었다. 문학적 진실은 삶의 실천과는 별개의 차원임을 교육받았다. 정치적 이슈가

온 사회를 점령했는데도 미동하지 않는 문학만을 감싸고 돌았다. 문학이 현실의 문제 해결을 위해 무엇을 할 수 있느냐고 묻는 것조차 불경스러운 일로 여겼다. 칸트의 '무상성'이나 '무용함의 유용성'을 문학의 본질적 역할이라는 논리에서 벗어나는 데는 많은 시간이 걸렸다.

그런데 엇비슷한 시기에 문학에 입문한 정대호 시인의 문학관은 달랐다. 그가 걸어온 문학의 길은 필자와는 확연히 달랐다. 물론 그가 혁명가이거나 지사는 아니다. 문학을 정치와 동일시하거나 사회 투쟁의 도구로 생각하지도 않는다. 하지만 적어도 문학과 삶의 거리를 좁히려고 무던히 애써온 시인임은 분명하다. 필자는 나에게 없는 이러한 그의 태도를 늘 가볍게 여기지 않았다. 이 글을 쓰는 지금도 마찬가지다.

> 자신을 드러내지 않고
> 무릎 꿇지 않고 사는 법이
> 겨울 인동잎과 그 줄기에 있다.
> 어디 있어도 눈에 띄지 않고
> 제멋대로 놓여도
> 어느 줄기에도 뿌리 내릴 줄 안다.
>
> ─「지상의 아름다운 소망 4」
> (『마네킹도 옷을 갈아 입는다』, 2016)에서

정대호 시인은 시인임을 표내지 않고, 현실적 실리를 위해 세상과 타협하거나 지신의 뜻을 쉽게 굽히지 않는 견인주의자(堅忍主義者)의 면모를 보여주었다. 그는 '겨울 인동잎' 같은 시인이다.

투박함 속에서 피어나는 아름다움, 대상을 직설하는 솔직함과 담백함, 표 나지 않은 강단, 부드러운 자존심, 시적 태도의 일관성은 분명 시인 정대호의 개성이며 미덕이다.

2020년 봄, 세상은 온통 코로나와 총선으로 떠들썩했으나 나의 일상은 이런 현실과 무관한 듯이 문학이란 공간에서 태연하게 이어졌다. 문학은 여전히 내 생활의 중심에 있었다. 코로나19 사태는 곳곳에서 전쟁으로 비유되었다. 하지만 문학은 전쟁을 종식하고 평화를 회복하는 데 그 어떤 도움도 줄 수 없었다. 현실에 휘둘리지 않으며, 그 대응도 후속하는 것이 문학과 예술의 원래 모습이라고 우겨나 볼까. 문학은 현실 문제를 뛰어넘어 이상 세계를 노래하는 것만으로도 충분한가. 문학의 무력함을 느끼는 것은 과민함 탓으로만 돌릴 수 있겠는가? 2020년 봄 석 달(2~4월) 동안 소설이나 영화에서 이야기되었던 일이 눈앞에서 현실로 벌어지는 것을 목격하면서 '문학이 무엇을 할 수 있는가?'라는 한물간 물음이 떠나지 않았다.

무력함과 우울함을 온몸으로 느끼고 있는데 시집 뒷발치에 붙는 발문을 쓰지 않을 수 없는 상황에 이르고 말았다. 이제 삶의 족쇄가 되다시피 한 문학에 관해 지금까지 지녀온 관성적 태도를 하루아침에 어떻게 바꿀 수 있으랴. 살기 위해 밥알을 씹어 목구멍으로 꾸역꾸역 넘겨야 하는 구차함이 고상한 문학 이전에 실존이고 현실이 아니던가. 그렇다 하더라도 시답지 않으나마 문학을 공부하고 문학을 이야기해왔던 사람이라면 '문학이 우리 삶을 위해 무엇을 할 수 있는가'라는 물음을 이 시점에서 한 번쯤은 던져

야 하지 않겠는가. 문학이 삶의 밥그릇이 되었다면, 그 문학을 추상적이고 초월적인 관념의 성곽에 가두기만 해서는 안 될 것이다.

그런데 정대호의 시는 필자의 이런 생각에 좋은 우군이 되어주었다. 사실 그는 일찍부터 시를 미학적 공간보다는 삶과 역사적 현장과의 연관성에서 파악한 시인이었다. 그에게 시적 실천과 삶의 실천은 하나여야 한다는 신념이 늘 작동하고 있었다. 이 글은 정대호의 시인에 관한 이야기지만, 한편으로는 문학에 대한 나의 관성적이고 안일한 태도를 점검하고 반성하는 장이기도 하다.

申載基 | 경일대 교수

푸른사상 시선 126

가끔은 길이 없어도 가야 할 때가 있다